당신

당신

1판 1쇄 : 인쇄 2010년 12월 09일
1판 1쇄 : 발행 2010년 12월 12일

지은이 : 박덕은
펴낸이 : 서동영
펴낸곳 : 서영출판사

출판등록 : 2010년 11월 26일(제25100-2010-000011호)
주소 : 인천광역시 계양구 작전동 388-2 동보 105-204
전화 : 02-338-7270 팩스 : 02-338-7161
이메일 : sdy5@naver.com

값 : 10,000원
ⓒ2010박덕은 seo young printed in seoul korea
ISBN 978-89-965513-1-7 04810
          978-89-965513-0-0(set)

일원화 공급처_(주)북새통
주소 : 서울 마포구 서교동 464-59 서강빌딩 6층
전화 : 02-338-0117(대표), 팩스 : 02-338-7160
이메일 : info@booksetong.com

당신

2010•서영

祝詩

마법사 박덕은

고운빛(시인)

님의 시선 머무는 순간
태곳적 고요 깨고
잉태된 숨결
꿈틀
꿈틀

님의 손길 미치는 순간
두꺼운 껍질 깨고
연둣빛 새싹
쏘옥
쏘옥

님의 정성 스미는 순간
딱딱한 바위에서 피어난
눈부신 백합
반짝
반짝

님의 열정 태우는 순간
무채색 황무지에
싱그런 리듬
출렁
출렁.

祝詩

인간 박덕은

이명희(시인)

사막에서 연꽃을 피우고
아스팔트에서 해초를 기르는
그래서 함부로
아무도 흉내낼 수 없는
신비로운 거름손

검푸른 영혼의 심연까지
송곳처럼 파고들어
잠든 재능의 실마리
기어이 끄집어내는
끈질긴 추적자

아무도 알아들을 수 없는
자신만의 외계어로
수시로
우주의 방언을 즐기는
희한한 이방인

주름 많은 얼굴로
모노드라마 연출하며
시종 울고 웃기는
천진난만한 개그맨

가진 것 다 내주고
입은 옷 다 벗어 주고도
여전히 더 줘야 하는
한 많은 벌거숭이

모진 세월에
구멍 뚫린 가슴으로
허허로이
모난 세상 흘려보내는
뜨거운 달관자

사랑에 찢기고
사랑에 멍들어도
한사코
사랑 주위에서만 서성이는
정열적인 불나방

물질도 버리고
인연도 버리고
리듬 따라 낭만 따라
끝없이
먼 길 떠나는
철부지 유랑자.

머리말

정말
오랜만이다.

제21시집을 펴낸 후
상당한 공백 기간을 가졌다가

이제야 이렇게
제22시집을
가을빛 시심에 담아
세상에 내보낸다.

산들바람 같은
출간의 기쁨을 안고 보니
무척이나 감격스럽다.

산골에만 살다가
모처럼
바닷가를 찾은
그런 기분이다.

상큼하고
상쾌하다.

우선
우주의 본질인
사랑에게
감사드린다.

사랑이 좋다.
마냥 좋다.

사랑을 노래하며
살아가는 인생이 좋다.
그저 좋다.

살아 있는 동안
마지막 숨을 거두는 그날까지
사랑의 시를 쓰고 또 쓰리라.

사랑이야말로
이 인류를 행복하게 해주고
종교 전쟁을 종식시키는
가장 중요한 해결사요
가장 강력한 에너지요
가장 믿음직스러운 안내자다.

우리 모두 사랑하자
사랑하고, 사랑하고
또 사랑하자.

믿음, 소망, 사랑,
그 중의 제일은
사랑이라.

이 명언이
이 땅의 모든 생명체들에게
영원한 등불이 되어 주리라 믿는다.

          – 지리산 풀꽃 헤르소 **박덕은**

차 례

당신 1악장

반음 내림

당신 • 1

하얗게 이른 새벽 꼭두부터
향수병 뚜껑을 열어 놓았어요
날아갈 건 어서 날아가라고
흩어질 건 어서 흩어지라고

이상하게도 향수는
천장까지 천천히 올라가
잠시 잠을 자면서 쉬다가
해름참께 다시 돌아왔어요

병 속으로 들어간
향수는 한나절 내내
그리움의 시만 읊다가
심한 복통을 일으켰어요

뱉어내는 건 모조리
시보다 더 지독히
사랑했고 사랑한다
그 말뿐, 오늘도 그 말뿐.

당신 • 2

할머니가 걸어와요
세월의 발끝만 내려다보며
천천히 걸어와요
옆도 보지 않고
그냥 지나쳐 가요

두 손은 뒤로 한 채
90도 가까이 허리 구부린 채
지나가고 있어요

손에 든 비닐봉지에는
아기소나무 한 그루,
잘 익은 복숭아 두 개,
막 피려는 백합 한 송이
들어 있군요

서서히 골목 안으로 사라져 가는
할머니의 뒷모습에서 당신을 읽어요
당신의 향기도 읽어요
당신의 눈물도 읽어요
꿈에도 그리던 당신의 사랑도 읽이요.

당신•3

강가에 펼쳐지는
철새들의 곡예
처음에는 한 마리가
다음에는 일곱 마리가
맨 마지막에는 두 마리가
정성껏 그리움을 그려요

물풀들이
물살 따라 너울거리면
새들의 날갯짓은
물살 거슬러 보고픔을 그어요

분위기가 절정에 이르면
들풀들이 바람결 휘감고
한들한들 환호성을 올려요

모든 준비는 됐어요
이제 당신만 등장하면 돼요
어서 오세요
내 영화 속의 주인공인
내 사랑이여 내 운명이여.

당신•4

강아지가 졸랑졸랑 따라와
부엌으로 들어왔어요
아무리 나가라고 으름장을 놓아도
끄덕조차 하지 않네요

차마 발로 차거나
때릴 수는 없었어요
왜냐하면 당신의 애칭을 녀석에게
이름 붙여 놓았거든요

어디든 졸졸 따라다니는
당신의 흔적
녀석이 가는 곳마다
당신의 향이 묻어나요
녀석이 칭얼댈 때마다
당신의 손길이 그리워요

어쩜 좋아요
집안 구석구석
촐랑촐랑 붙어 다니는
추억 같은 녀석을 어쩜 좋아요.

당신•5

오늘 밤 깊숙이
당신이 내게 보낸
사랑의 크기를 보아요

멀리서 날아온
작은 파닥거림이
곧바로 가슴에 박혔어요

그게 설렘인지
그게 꿈물살인지
알 수는 없어요

강가에는
수많은 잔물결이
반짝이며 말했어요

다시는 올 수 없는
기회
놓치지 말라구요

허기진 그리움이
드디어 윤기 나는 그리움으로
자리를 잡나 봐요

이 밤 새기 전에
받아줄게요
가장 감명 깊게
다가온 느낌과 함께.

당신•6

다들
웬일이냐 그래요
당신에게 바치는 시를
이토록 한꺼번에 쏟아낼 수 있느냐
다들 걱정 어린 눈길로 말해요

내 눈앞에는
김소월 시집이 하나 놓여 있고
곁에는 키 작은 선풍기가 돌고 있고
낮인데도 스탠드가 켜져 있어요
모두가 평범하기 그지없는데
다만 고장 난 시계만이 저렇게
사랑의 향기를 고집하고 있네요

다 말라빠진 사랑이라는 거
다 말라버린 꽃처럼 버려야 한다지만
살래살래 고개를 흔드는
저 헌 노트와 저 빈 향수병
아무래도 오늘밤 못다 한 토론을
다시 재개해야 할까 봐요

아무래도 손수건 옆에
두 달 가까이 혼자 누워 있는
깡통을 열어 봐야겠네요
겉에는 레몬향이라고 적혀 있는데
정작 속까지 그럴까요
거기서 당신이 불쑥 튀어나오면
혹시 그러면 어떡하죠.

당신·7

내 시를 읽고 밤새 울었다는 당신
다시는 그런 시 쓰지 말라고
나무라는 당신
그 목소리 그 모습이
사랑스러워요

행복은 거기서 나오나 봐요
서로를 염려하고 걱정하는 마음밭
거기서 나오나 봐요

큰 기대만 버리면
잘디잔 일상들이 파릇파릇 살아나
기쁨으로 다가와요

앞으로는
어두운 시 쓰지 않을게요
밝고 푸르고 맑은
시들만 골라 펼쳐 놓을게요
다시는 당신을 울리지 않을게요
어서 눈물 거둬요.

당신•8

누구에게나
가슴앓이가 있기 마련이죠

어제는 달맞이꽃에도
고뇌가 있음을 알았지요

해종일 필 수 없어 숨죽이다가
저녁이면 어김없이
꽃피워 향을 내뿜지만

아무도 보아주지 않을 때
게다가 달마저 구름에 가려
전혀 보이지 않을 때

너무나 슬퍼 너무나 아파
뿌리에서부터 이파리까지
결국에는 꽃망울까지
노랗게 타 버린다네요

아리고 아려서 노랗게 타 버린
내 가슴 안의 당신처럼.

당신•9

알았어요,
방금 알았어요

사랑이 저 가슴 밑바닥에서부터
치밀어 올라온다는 걸
알았어요, 방금 알았어요

마치 활화산이 치솟아 오르는 것처럼
마음 구석구석을 적시고 뜨겁게 달궈
마침내 웅장하게 분출한다는 걸
알았어요, 방금 알았어요

서서히 밑에서 위로
달구는 그런 사랑이 있는 한
그 어떤 불순물도
그 어떤 오해도
그 어떤 실망도
결코 끼어들 수 없다는 걸
알았어요, 방금 알았어요.

당신 • *10*

알 듯 모를 듯
안길 듯 말 듯
가까운 듯 먼 듯
잡힐 듯 안 잡힐 듯

마주 보면 낯설고
돌아서면 그리운,
안 보면 애틋하고
바라보면 속 터지는

천 년을 휘돌아
겨우 계절 끝에서 만난
숙명 같은 고목이여.

당신 • 11

가만히
당신
이렇게 부르면
입 안에서 향내가 나요

은밀히
당신
이렇게 맛보면
마음에서 노래가 흘러요

황홀히
당신
이렇게 껴안으면
영혼 가득 신바람 나요

숨죽여
당신
이렇게 속삭이면
운명에서 꿈이 솟구쳐요.

당신 • 12

잠들면 가장 저변의 흐느낌으로,
새벽이면 핏줄 타고 흐르는 감동으로,
아침에는 허수아비의 너울춤으로,
낮참 때는 아주 먼 그리움의 속살로,
오후 내내 촉촉한 보고픔으로,
노을 깔릴 땐 빛깔 고운 열정으로,
어스름 뿌려질 땐 넉넉한 관조로
야금야금
다가오는
의미,
수없이 껴안고 볼을 부비는 의미,
수년 전부터 다듬고 키워온 의미,
진정 살과 피가 되어 꽂히는 의미,
영혼까지 파고들어 지배하는 의미.

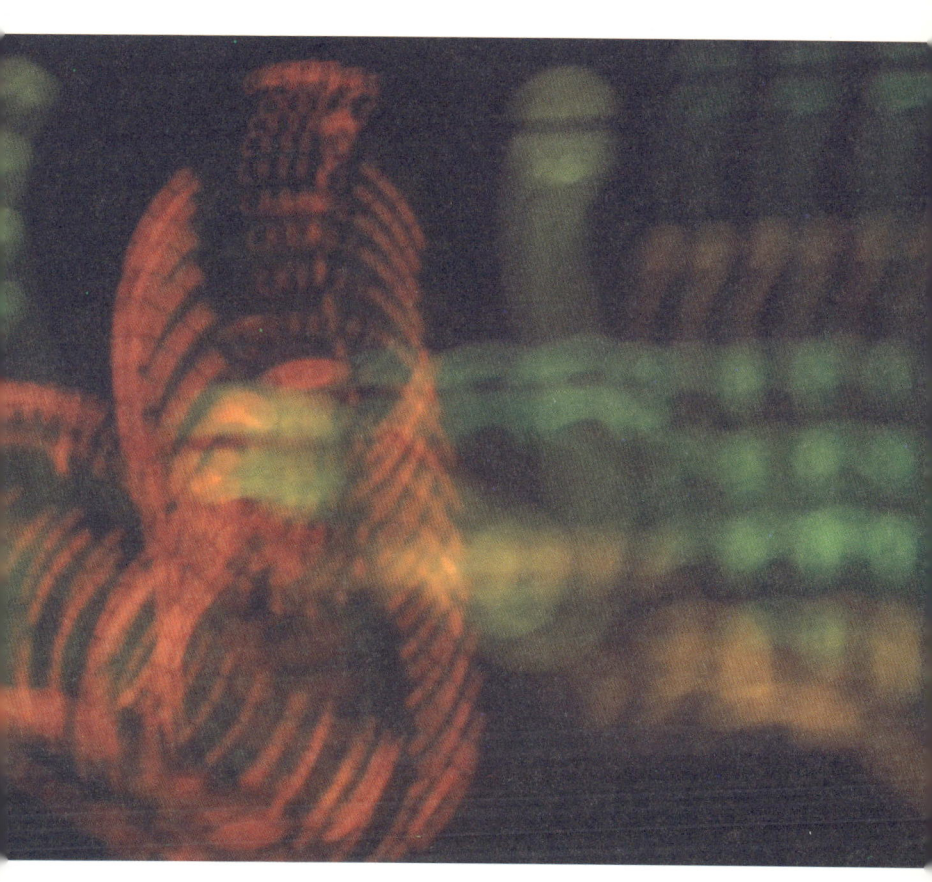

당신 • 13

당신,
당신만 보면 마음이 아려요
다가와 입술을 내미는 순간, 우주는 멈추지요
물론 심장도 멈추고 의식도 멈추고 꿈도 멈춰 버려요
누가 그러라고 했나요?
왜 내 뒤를 따라와요?
밤길을 내내 따라오면 어떡하라구?
그래선 안 돼요. 바다가 울잖아요
우리가 맹세를 토해냈던 그 바다가 몸부림치잖아요
몸을 바로 세우듯, 해변의 빗줄기처럼 제정신을 차려야 해요
원망하거나 탓하거나 웅크리지 마세요
바닷바람이 아까부터 가슴 밑에서부터 솟구쳐 불어요
약간 짠 듯 매운 듯 촉촉한 듯
미묘하게 밀려와 온몸을 둘둘 말고 있네요
일어서요. 이제 가야 해요
바람 한 점 없는 일상 속으로 가야 해요
눈 감고 가슴 감고 가야 해요
절대 뒤돌아보지 마세요
연민 한 올 남기지 말고 새벽 끝을 걸어가세요
달빛 아래 눈물을 가로눕히지 마요.
그냥 가요. 아주 가벼이.

당신 • 14

그러지 마요
그 먼 길을 이렇게
밤새워 따라오다니
그러지 마요

어디든 한사코 따라가겠다는
그대 눈빛 아름다워요
더 이상 사랑스러울 수 없을 만큼
눈이 부실 만큼 아름다워요
눈 감고 키스 한 번 마지막으로
해달라는 그 표정도
신비로울 정도로 아름다워요

그래도 그러지 마요
이제는 돌아가세요
이 이상 따라오지 마요
떠나는 길이 너무 아려요

감당할 수 없을 만큼 아프고
쓰리고 무겁고 쓸쓸해요
가슴 속에는 오래 된

그래서 찌든 눈보라마저
몰아치고 있어요
속살까지 모조리 얼어 버려
움직이기조차 어려워요

그래도 가야 해요
따라오지 마요
그러지 마요

마지못해 옮겨 딛는 발자국
보이지 않나요
움켜잡지 마요
잇몸 시린 바람 안고
그냥 가도록 놔둬요
제발 따라오지 마요
여기서 돌아가세요

바람길 열어줄 테니
천 년의 학처럼 곱게
돌아가세요.

당신 • 15

다가가고 싶어요
아이러니도 싫고
역설도 싫어요

좋으면서 안 좋은 척
사랑하면서도 안 그런 척
그런 짓 그만할래요

인내도 싫고 체면도 싫어요
좋아한다 말할래요
사랑한다 고백할래요

나 착하지 않아요
욕심도 많고 질투도 많고
날마다 시기도 많아요

나 우아하지 않아요
게으르고 산만하고
온종일 헝클어져 살아요

그래도 다가갈래요
어린애처럼 안기고 싶어요
어리광부리며 칭얼대고 싶어요

날 받아 주세요
이대로는 싫어요
혼자 있기 싫어요

꺼안고 싶을 때 꺼안고
얘기하고 싶을 때 얘기하고
키스하고 싶을 때 키스하는

그런 사이로 살고 싶어요
그토록 가깝게
백 년을 하루 같이 살고 싶어요.

당신 • *16*

여기
들길을 보아요
서로 양보하며 서로 키 재기하며
마음껏 햇살 안고
살아가는 들풀들을 보아요

키 큰 건 키 큰 대로
키 작은 건 키 작은 대로
바람 불면 한들거리며
비 오면 싱그럽게 반기며
살아가잖아요
우리도 그러면 안 되나요
뭘 더 바래요
서로 믿고 서로 의지하며
살아요

여기
들꽃의 가슴을 보아요
초록으로 가득한 손길 흔들며
하루하루 푸르게 꾸려가는
들꽃의 꿈을 보아요

여기
머물러 줘요
낭만 바른 언덕에
들꽃처럼 머물러 줘요
하늘빛 머금은 사랑으로
포근히 감싸줄게요.

당신•17

노래가 낭만 안고 뒹구는 시간,
나는 기다려요
무작정 새벽부터 기다려요

혹시 아나요
일상에 지친 님이 홀연히 여행을 떠나
이곳을 지나칠지 모르잖아요
님이 가는 길목 혹시 여기일지 모르잖아요

손끝 가슴 끝 눈길 끝이 떨려요
시간이 흐를수록 아리듯 떨려요
흐느끼는 멜로디마다 나비가 날아요

나풀나풀 나풀나풀 나풀나풀
나래의 리듬이 휘어지며 곡선을 타요
애틋한 고백들도 미끄럼을 타요

한순간 한 빛깔로 어우러지는 사랑
무수히 꽃을 피우네요
향기 가득한 시간이네요.

당신 • 18

당신은
구름, 바람, 강물

이 시간 간절히 바라는 건
구름도 바람도 강물도 아니에요

구름은
자꾸만 산기슭을 벗어나
골짜기 타고 흐르다
천상으로만 솟구쳐요

바람은
형체조차 드러내기 싫어하면서
제멋대로 왔다가
제멋대로 떠나 버려요

강물은
융융히 흐르다가도
막히면 막힌 대로 넘치면 넘치는 대로
줏대 없이 이랬다저랬다 해요

그래서
구름도 바람도 강물도
원하지 않아요

오로지 바라는 건
나무,
큰 그루터기를 만들어
구름도 머물게 하고
바람도 머물게 하고
강물까지 머물게 하는
큰 나무이기를 바래요

당신이
그림자까지 쉬었다 가는
거대한 나무이기를 원해요.

당신 • 19

오랜만에 밖을 나가 보니
사람들은 여름 피서를 떠나고 있네요
그런데도 마음은
이끼처럼 엎디어 꿈쩍도 않네요

아무리 좋은 산야일지라도
폼 나는 어떠한 명승지일지라도
내게는 아무 의미가 없어요
그대 없는 곳은
그 어디나 마찬가지
아무런 가치가 없어요

어디서나 흔히 보는 식상한 풍경일지라도
그대 모습 섞이면, 어찌 그리 달라질까요
우중충한 날씨인데도, 어찌 그리 밝아질까요

환한 빛살이 숲 위로 남실거리고
수많은 철새들이 우아한 곡선으로 날고
심지어 반딧불이까지 감미롭게 날아들어요
어찌 그럴 수 있을까요

그대 모습 보이면,
　하루 하루 슬픈 일이 많아도
　어찌 그리 싱그러울까요

　　꿈결 같은 무대가 생기 있게 펼쳐지고
　　향기들이 노을처럼 잔잔히 퍼지고
　　아기사슴들이 들풀 위로
　　　꽃구름처럼 펄펄 날아다녀요
　　　어찌 그처럼 황홀할 수 있을까요

그대 모습 안기면,
　일상은 갈수록 답답한데도
　어찌 그리 사랑스러울까요

　　세상이 무한히 평화롭고
　　마냥 신비롭고 미치도록 행복해요
　　생각들이 꿀떡처럼 맛나고
　　의식들은 열대과일처럼
　　　상큼달콤해요.

당신·20

하늘이
두 쪽으로 짜개져
비와 꿈을 한꺼번에
내려 보내고 있어요

알몸으로 뜨락에 나섰어요
피부로 스며든
그 차가움 진작부터 알았어요

어떤 상황에서도
님을 믿고 따르라는 말
되새기고 있어요
가슴과 등과 마음에
구석구석 새기고 있어요

그런데도 한계를 느껴요
더 이상 다가갈 수 없는
벽이 보여요
이처럼 무방비된 채
거닐고 있는데도 말이죠

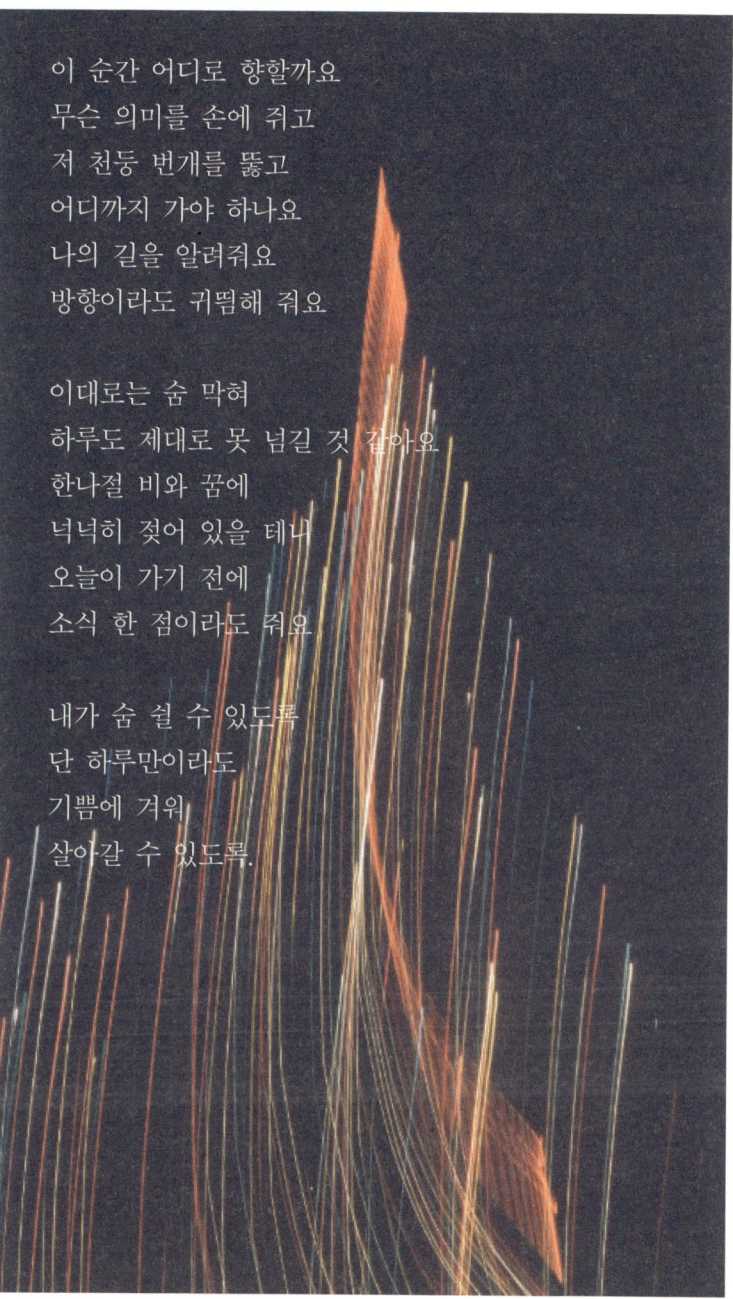

이 순간 어디로 향할까요
무슨 의미를 손에 쥐고
저 천둥 번개를 뚫고
어디까지 가야 하나요
나의 길을 알려줘요
방향이라도 귀띔해 줘요

이대로는 숨 막혀
하루도 제대로 못 넘길 것 같아요
한나절 비와 꿈에
넉넉히 젖어 있을 테니
오늘이 가기 전에
소식 한 점이라도 줘요

내가 숨 쉴 수 있도록
단 하루만이라도
기쁨에 겨워
살아갈 수 있도록.

당신 2악장
샵 : 반음 올림

당신 • 21

누가 백 번 천 번
아니 백만 번 천만 번을
말해 봐야 아무 소용없어요

어떤 소문이 들려도
믿지 마세요
내가 마음 열어
깊이 모시는 이는
오로지 님뿐

자나깨나 보고파요
눈 뜨자마자
그리워 몸부림쳐요

하루 일과 마치자마자
제일 먼저 찾는 님
수많은 계단 올라
가장 먼저 뵙는 님
시간에 쫓겨 하루를
망가뜨리면서도
결코 소홀히 할 수 없는 님

매 호흡하는 때마다
찾아요
맥박소리까지
찾고 찾아요
아무리 잊으려 해도
의지로는 되지 않는 일이
세상에는 있답니다

알고 있나요
어떤 순간에도 뇌리에
떠올라 결코 사라지지 않는
연민의 수채화

누가 백 번 천 번
아니 백만 번 천만 번을
반복해 봐야
아무 소용없어요

어떤 얘기 들어도
믿지 마세요
내가 가슴 열어
향그럽게 모시는 이는
오로지 님뿐.

당신 • 22

길게 원하지 않아요
단 일 년만 아니 단 한 달만이라도
하나 되어 살고 싶어요
마음 주며 생각 나누며
기쁨 매만지며 살고 싶어요

원하는 거 없어요
호화로운 삶도 관심 없고
높아지는 명예도 관심 밖이에요

오로지 함께 하는 삶
그대와 단둘이서
눈물 거두고 한숨 말아
평안한 기분 깔고 사는 삶
그것만을 원해요

찾아 줘요
언덕에 자그만 별장 짓고
황토방 안에서 시를 쓰며
한평생 기다리며 살아가는
이 초라한 낭만 거둬 줘요

비록 마를 대로 말라 초라하지만
비록 찌들대로 찌들어 볼품없지만
태곳적 순수 그대로 보존된 이 사랑
받아 줘요

혹시 이곳을 지나거든.

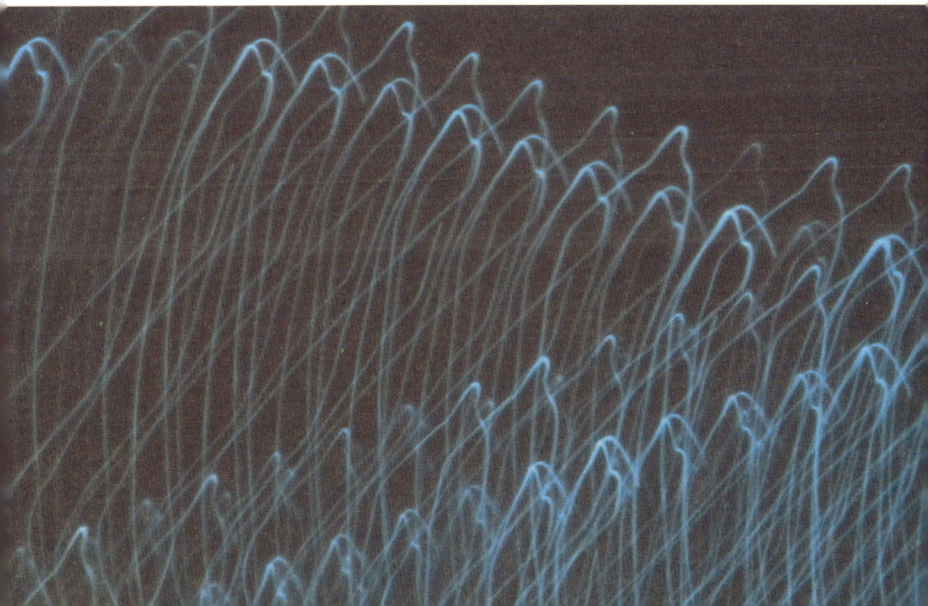

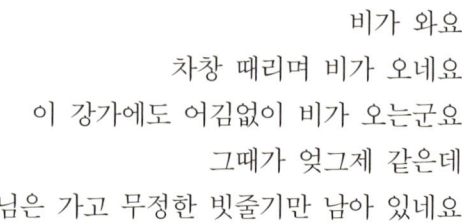

비가 와요
차창 때리며 비가 오네요
이 강가에도 어김없이 비가 오는군요
그때가 엊그제 같은데
님은 가고 무정한 빗줄기만 남아 있네요

같이 꿀복숭아 껍질 벗겨
웃음과 미소 발라 먹으며
끼득끼득거렸던 이곳,
이곳에 비가 내리네요

아무리 기다려도
와서 기다리고 또 와서 기다려 봐도
소식 한 올 날리지 않는 이곳,
이곳에 오늘도 비가 날리네요

너무 하지 않나요
아무리 멀리 있어도
아무리 세상사 바쁘다 해도

아무리 과거사라 하지만
지나치지 않나요

그리도 쉽사리 잊을 수 있다는 게
놀라워요

이처럼 온 세포 곳곳에
깊숙이 새겨놓은 환희,
어찌 잊고 살라고

이토록 지독한 사랑
골골이 심어 놓고
훌쩍 떠나버린 님

해도 해도 너무 하지 않나요
진정 진정 너무 하지 않나요.

당신 • 24

차창 열어 놓고
오는 비 그대로 맞고 있어요
빗금 그으며 몰아치는 빗줄기
허벅지와 가슴까지 다 적시고 있어요
그래도 이대로 있고 싶군요
벗어 놓은 안경도 젖어 울고
핸들마저 방향 잃어 거꾸로 멈춰 있고
흘러나오는 한숨까지 노래에 젖어
흐물대며 방황하고 있네요
어쩜 좋죠
가야 하는데,
차 시동조차 걸기 싫어요
저기 강 건너
님이 오는 소리 들리는 듯
안개 속으로 자꾸 자꾸 환영이 보여요
떠올랐다가 사라지고, 사라졌다가 다시 떠오르는
결코 한평생 곁을 떠나지 않을 환영,
오늘도 무작정 기다리고 있어요
이 몸 굳어 바위가 될 때까지
한사코 기다릴 거예요.

당신•25

우산 쓰고 걷는 저 연인
되도록 빨리 지나가요
아니면 붙박이처럼
그 자리에 굳어지든가
아니면 어서 가 버려요

내게는 오로지 당신뿐
그 어느 것도 허용하지 않는 공간
그 어떤 존재도 받아들이지 않는 세월

오로지 당신에의 사랑뿐
그 외 다른 감정 간직하지 않고
살아왔어요
그 외 다른 생각 일구지 않고
지내왔어요

바치고 싶어요
처음부터 품은 순결한 느낌
시도 때도 없이 스미는 향기
온전히 바치고 싶어요
후회하지 않아요

오로지 당신에의 그리움뿐
이 보물 가슴에 안고 홀로 살다가
조용히 숨을 거두게 해줘요.

당신 • 26

담쟁이넝쿨이 휘감고 있어요
내 마음을 아는 듯
아까부터 빗속에서
흙담을 온통 게걸스럽게
핥아 먹고 있어요
내 그리움까지 내 인내까지
모조리 빨아먹고 있어요

안 되는데 저러면 안 되는데
언제 올지 모르는데
멀리 멀리 떠나간 님
어느 날 갑자기 마음 바꿔
돌아올지 모르는데
이제 그만 정신 차려야 하는데

담쟁이 새순이 연초록 손길로
안아주며 말해요
"그리움에도 새순이 돋겠죠.
옛 감정을 버리고 파릇하게
새 날을 맞이해야 해요."

그 말이
속삭임처럼 들리는 건
눈물이 말라서일까요

며칠 전부터
손발이 차가워지고 있어요

나의 담쟁이넝쿨이
가슴속 마음속까지
뒤덮어 버려서겠죠
그러겠죠.

당신 • 27

한바탕 비가 몰려간 뒤 햇살이 떠올라요
안전벨트에 볼을 기대고 음악을 들어요
날개가 돋아
아, 그 추억의 날개가 돋아
날아오르고 있어요
울고만 있을 순 없죠
다신 바보처럼 그러지 않을 거예요
락 음악을 타며 몸을 흔들어요
초원 위로 춤추며 나아갈까요
안전벨트를 풀고
모처럼 3년 만에 외출을 시도해요
낮고 낮은 음성이 발걸음을 이끌어요
어디로 가자는 걸까
초원의 긴 호흡이 꿈틀대는 곳
그 둔덕을 지나
도대체 어디로 이끄는 걸까
현실이 아닌 신화 속으로
무작정 가자는 걸까
고운 빛살 가슴에 문지르며
저 멀리 지평선까지
선선히 걷자는 걸까.

당신·28

낭만의 메신저
아니, 아니
날이 날마다
향기로 안내해 주는
행복의 요정

잠자코 앉아 있어도
주머니 속에서
툭툭 튀어나온
뜨거운 열정처럼
아름다운 생각처럼

눈앞에 번지는
노랗게 퍼지는
한사코 펼치는

호숫가에서
나풀거리며
꿀떡꿀떡 맛보는
생기 있는 설렘.

당신 • 29

내가 사랑하는 건
당신의 아름다운 얼굴만이
아닙니다

아침 잠결에 잠긴 듯이 들려오는
애교스런 그 목소리도
사랑합니다

간혹 눈물에 젖어
가늘게 떠는 그 눈시울도
사랑합니다

어쩌다 강물을 바라보며
넋 놓고 감탄하는 그 낭만도
사랑합니다

굵은 빗줄기 속에서도
멈추지 않는 그 재잘거림도
사랑합니다

전혀 예상을 깨고
갖가지 반찬 곁들인 도시락을
가져와 씽긋 웃는 그 입술도
사랑합니다

달밤 익어가는 시간에
가슴 밑바닥에서부터
토해내는 그 부끄런 내면도
사랑합니다

불안한 미래 때문에
방황하다가 잠시 들러
내 가슴에 기대고 잠든 그 영혼도
사랑합니다.

당신•30

물론 나는
당신의 이상향은 아닙니다
하지만
바라보는 각도를 달리 하면
이상향이 될 수도 있고
이상형도 될 수 있지요
뿐만 아니라
이 세상에서 가장
아름다운 연인이 될 수도 있구요

나를 오늘 당장
선택해 달라는 건 아닙니다
천천히 다가와 주세요
시간 나는 대로
낭만이 나풀거리는 대로
우연히 강가를 찾는
바람처럼 그렇게
들러주세요

평생 내 곁에
머물러 달라는 것도 아닙니다
잠시 어우러져 지내다가
떠나고 싶을 땐 언제든 가세요
붙잡지는 않을게요
언덕까지 올라가 멀리 멀리
눈길로 배웅은 해드리겠지만
결코
발목 붙잡고 훼방하지는 않을게요

마음 편할 때
스쳐가듯 얼굴만 보고 가세요
하룻밤이 아니라도 좋아요
세수하고 발 씻고
토방에 올라와 밥 한 끼 먹고
훌쩍 떠나는 그런 촌음이라도
머물러 주세요
더 이상은 바라지 않을게요
정말이에요.

당신•31

알고 보면
간단한 것을

어깨동무 하며
강가를 거니는 거
그 정도면
짜릿한 즐거움인 것을

걷다가 이따금
입술을 가까이 대고
속삭이는 거
그 정도면
황홀한 기쁨인 것을

몇 걸음 가다
업어 주며 대화하는 거
그러면서
서로 볼을 부비며
사랑 고백하는 거
그 정도면
최상의 행복인 것을

더 이상
무얼 더 바래

알고 보면
정말 간단한 것을.

당신 • 32

세포마다
꿈이 있지요

파란 세포는
하늘과 설렘을 꿈꾸지요
노란 세포는
꽃과 행복을 꿈꾸구요
빨간 세포는
열매와 사랑을 꿈꾸지요

세포가
그러듯이
나도 꿈이 있어요

어디든
당신과 함께 하는 꿈
아침마다
한 침대에서 함께 일어나는 꿈

커튼을 활짝 젖히고서
상큼한 음악을 커피와 함께 마시는 꿈

싱그러운 식탁에서
따스함과 부드러움을 함께 나누는 꿈
하루 바쁜 일과 중
다시 껴안게 될 황홀한 밤을 함께 기다리는 꿈
뜨거운 열정의 뜨락에서
밤새워 활활 불타는 시를 함께 써 가는 꿈.

당신•33

무슨 손길이
시를 쓰게 하느냐고
바람이 묻는다

거만스런 질문에
나는 시큰둥한 표정으로
묵살한다

점심때쯤
바람은 다시 지나가며
또 묻는다

할 수 없이
나는 짓뭉개진 머리칼을
하늘로 올리며
말한다

아마도
열정의 껍질을
벗기는 중인지 몰라

그 말에
바람은 내 귓불을 치며
한마디 거든다

솔직히 말해, 임마
열정에 짓눌려
숨 막힐까 봐 그런 거지,
당신을 향한 그 열정에?

당신 • 34

이대로
멈췄으면 좋겠어

이 순간이
영원히 기억되도록

이대로
새겨졌으면 좋겠어

이 애정이
화석으로 온전히 새겨지도록

이대로
세상이 끝났으면 좋겠어

더 이상의 행복이
영영 존재할 수 없도록

이대로
당신이 우주 속으로 사라졌으면 좋겠어

어느 누구도
당신을 나처럼 황홀히 사랑할 수 없도록.

당신•35

님은 시인이므로,
백지수표를 남발해서는 안 됩니다.
한 번 입에서 나간 건 돌보는 게 시인이지요

님이 내 그리움의 빈자리를
대신할 수 있을까요?
이별 없는 사랑을
보장할 수 있을까요?
영원토록 곁에 머무를 수 있을 만큼
믿음이 있나요?

쉽게 결정하고
쉽게 선언하고
쉽게 마음 닫고
쉽게 떠나는
그런 사람은 아니나요?

시인은 말하기 전 신중히 폭넓게 생각하고,
일단 입 밖에 내뱉은 건
끝까지 듬직하게 책임지는 존재랍니다.

당신•36

오늘 밤
신기한 일이 벌어졌어요
온 세포가
달을 향해 한 줄로 서서 걷고 있어요
어쩌면 저리도 아름다울까
향기가 온몸을 휘감으면 너울너울
미소가 떠오르면 나풀나풀

그런데,
그리움이
성큼 한 걸음 또 앞서고 있어요
그때마다
세포들은 눈길을 휘휘 내저으며
황급히 달려가고 있어요

갈바람 닮은 달바람이 말해요
당신 없는 내 인생은 상상할 수도 없어
아무리 도망가려고 해도
미래가 불안하고 두려움에 휩싸여도
당신을 떠날 수가 없어
당신만 사랑할 거야

지금은 이 자리에서 사랑할 수밖에 없지만
언젠가는 언젠가는
당신 곁으로, 당신에게로 갈 거야

이번에는
달바람 닮은 갈바람이 말해요
미치도록 그리워하며 살아갈게
날마다 세포에 사랑을 새기며 살아갈게
달을 향해 달을 향해
세포들을 한 줄로 세워 놓고 살아갈게
몸서리치도록 길들이며 살아갈게.

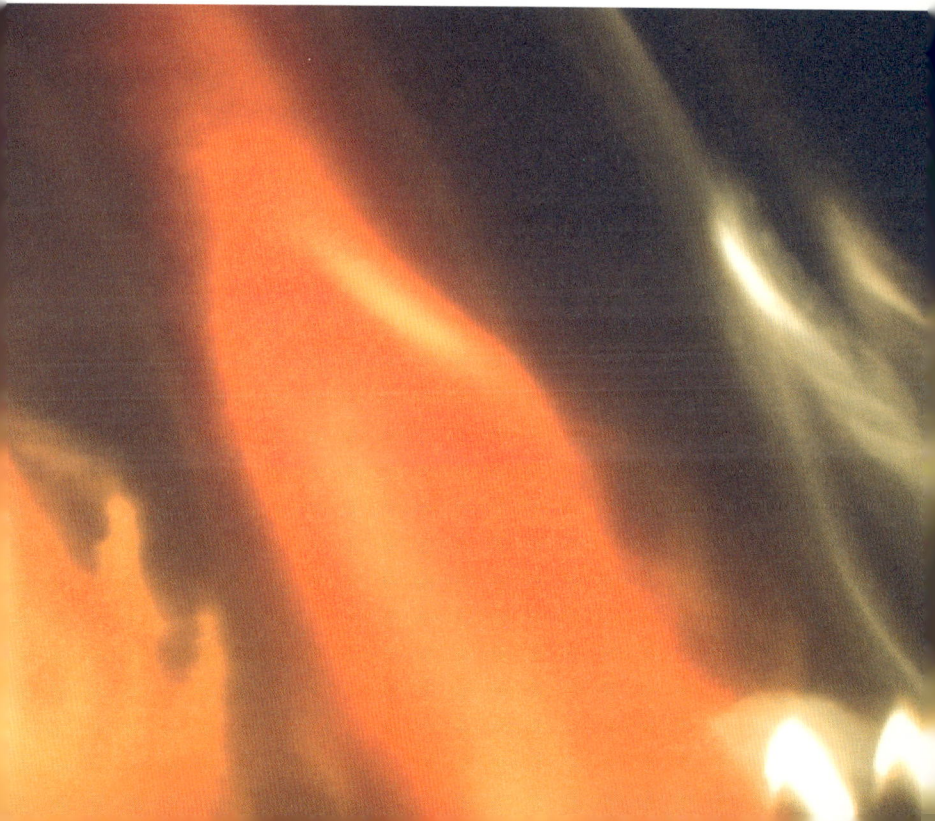

당신•37

아무리 자려고 해도
떠오르는 영상 때문에
잠을 잘 수가 없네요
아파트 천장이
한순간에 벗겨져
하늘의 별들이 다 보여요
꿈일까 의아해 했지만,
마치 상상의 세계가
현실이 된 것처럼
와르르 별빛이 쏟아져 들어오네요
동시에
아주 오래된 기도 한 줌
제법 성숙해진 사랑 한 사발
아직도 젖내 풍기는 그리움 한 숟갈
닳아져 바닥이 다 보이는 외로움 한 그릇
따라오네요
어찌 하면 좋을까요
그냥 놔둬요?
천장을 닫아 버릴까요?
그냥 열어둔 채 잠이나 잘까요?

당신•38

흔들거리다 갑자기 떨어졌어요
새벽안개 속에서
내 마음이 그래요
저기 한길을 건너는 자전거 보이죠
내 추억이에요
저 멀리 버스 한 대 보이죠
내 미래예요
바로 요 앞에
포옹한 채 떨고 있는 연인 보이죠
하필 내 영혼이에요
어떤 걸 선택해서
바라봐야 할까요
지금 생각 중이에요
모든 게 다
일시적으로 정지되어 있네요
당신이 와서
정리해 주세요
어떤 걸 선택해야 할지
어떤 길로 가야 할지
부드럽게 말해 주세요
산들바람 스민 목소리로.

당신•39

컵 속에
아주 해맑은 암반수
담아 놓았어요

그 안에
가슴 아리게 녹는
연민도 풀어 놓았구요

마셔 보세요
컵 겉에는
'함께'라는
글귀가 박혀 있군요

밑바닥에는
꿈이 꿈틀대고 있네요
어쩜 저리
파르스름할까요

몇 해를 더 다소곳이
기다려야
저 색깔이 나올까요

오늘은
그리움까지 몇 숟갈 타서
흔들어 놓을게요

뼈마디까지 스몄다가
울음 기슭으로
스멀스멀 흐를 때
꽃 피어난 거예요

제발 한 모금
마셔 주세요.

당신•40

산골 개울에
두 발 담그면
아리 아리 전해져 옵니다

설렘이 다슬기처럼
바위 위에 엎디어 깔리고
여린 흐느낌은
물살 되어 퍼져 갑니다

물방울 팔매질에도
꿈쩍도 않던 낭만은
물 밖으로 나가 떠날 때쯤
아우성을 칩니다

커피 한 방울
물살에 가만히 보내봅니다
거기 작은 파닥거림만
감지될 뿐
추억조차 투명하게 흐릅니다

겨우 발길 돌려
나아가는 돌다리,
어느 순간
다시 아래로 향한
물빛 시선은
머뭇머뭇거립니다

차마 버릴 수 없어
물가에 세워둔
보랏빛 그리움이
자갈처럼 첩첩 쌓여
바르르 떨고 있기에.

당신 3악장

더블플랫 : 온음 내림

당신 • 41

꿈은 아니겠지요
핏줄 속으로 흐르는
이 이슬빛 노래

꿈은 아니겠지요
계곡물의 정기를 받은
멜로디가
여태 피부 속에 머물러
환하게
피어나고 있어요

때로는 한숨으로
어쩌다 눈물로
아, 그러다 환희로
속속 피어나고 있어요

거기 서 있나요?
가슴 저미도록 푸르게 펼쳐진
그 잔디 위에
아직도 서 있나요?

갈게요
인연의 치맛자락
처절히 몸에 둘둘 감고

갈게요
세상에서 가장 아름다운
비움을 가슴 부르트도록 문지르며

갈게요
적어도 노을이 잘게 쪼개져
허망하게 사라지기 전까지는.

당신•42

신기하게도
노래방에 들어서니
거기 우주가 앉아 있었어요
물론 당신의 신비도 만날 수 있었지요

간혹 불협화음이
바닥을 째는 듯 긁어대는 거 외에는
온통
무수한 혹성들이
조화롭게 날아다니더군요

하나도 놓치지 않기 위해
멜로디를 가슴으로
섬세히 걸러내기 시작했지요

한 올 한 올 정성껏
품으로 삼켰다가
등골로 뱉어내는 사이
우주는
점점 더 크게 점점 더 동그랗게
자리 잡더군요

그 안에서
무수한 그리움 방울들이
쉴 새 없이 날아다니고
애틋한 향기들이
하염없이 너울거리더군요

어느새
속살 적시는 열정마저
소르르 녹아
희뿌연 당신의 우주 속으로 사라지더군요.

당신•43

나팔꽃 안에서
과거를 뽑아 맛봅니다
당신은 거기서
과거를 길어 올리고 있더군요
다소 짭조름하면서도
결코 가볍지 않은 미소까지

그럴 수밖에 없다고
여기고 있어요
숱한 사연들 속에서도
한 번도 곁눈질 하지 않고
올곧게 살아온 당신
왜 모르겠어요

지금이라도 늦지 않았어요
옛 사랑을 이제 그만 접고
가세요
우물을 돌아 펑펑펑
추억이 샘솟는 그 자리를 지나
성큼성큼 가세요,
이제는 제발

다시는 돌아오지 마세요
살갑게 돌아보지도 마세요
나팔꽃 흐드러지게 피었다고
핑계 대며 뒤돌아서서
눈길 내밀지도 마세요.

당신 • 44

아침 일찍
창가에 더위가 찾아와
허무를 늘어뜨립니다
생각의 혀까지 늘어져
일어설 기운조차 없습니다
선풍기는 침대를 향해 돌다가
으으으 괴음을 지릅니다
왠지 탈출해야 한다고
외치고 싶어집니다
두 발을 천천히 옮겨 디디며
추억의 문턱을 발로 찹니다
견고해서 도무지 열리지 않는
그 문이 오늘따라
거대한 괴물처럼 보입니다
방안을 몇 번 돌다가
기차소리 찾아 떠나려 합니다
과거와는 전혀 상관없이
해안 향해 달리는 상념 타고
하루를 보내기 위해,
진종일 당신의 품속 그 너비를 재기 위해.

당신•45

모처럼의 여행길
강가는 이미 수천수만의
철새 소리로 도배를 해놓았습니다
달맞이꽃들도
달빛이 많이 모이는 곳에
뭉텅뭉텅 배치해 놓았구요
키 작은 물풀은 앞으로
키 큰 잡풀은 맨 뒤로
그 중간에는 들풀을
차례차례 늘어놓았지요
이제 오세요
이곳에서 걷기만 하면 됩니다
가장 가슴 아린 추억은
차 안에 그냥 놔두고
몸만 오세요
오늘 하루만이라도
설렘만 데리고 다니세요
하루 끝이 그리움의 색깔로
가득 채워질 수 있도록.

당신•46

하루는
사랑한다
사랑하는 것 같아
그러면서 보내
매 시간
그렇게 보내

하루는
사랑하지 않아
사랑하지 않은 것 같아
그러면서 보내
하루 종일
그렇게 보내

이래저래
사랑이란 낱말
떠올리며, 떠올리며
그러면서 보내
한 달 내내 그렇게 보내

결국
마음 가득
사랑하며, 사랑하며
사랑만 하며
그러면서 보내
평생 동안 그렇게 보내.

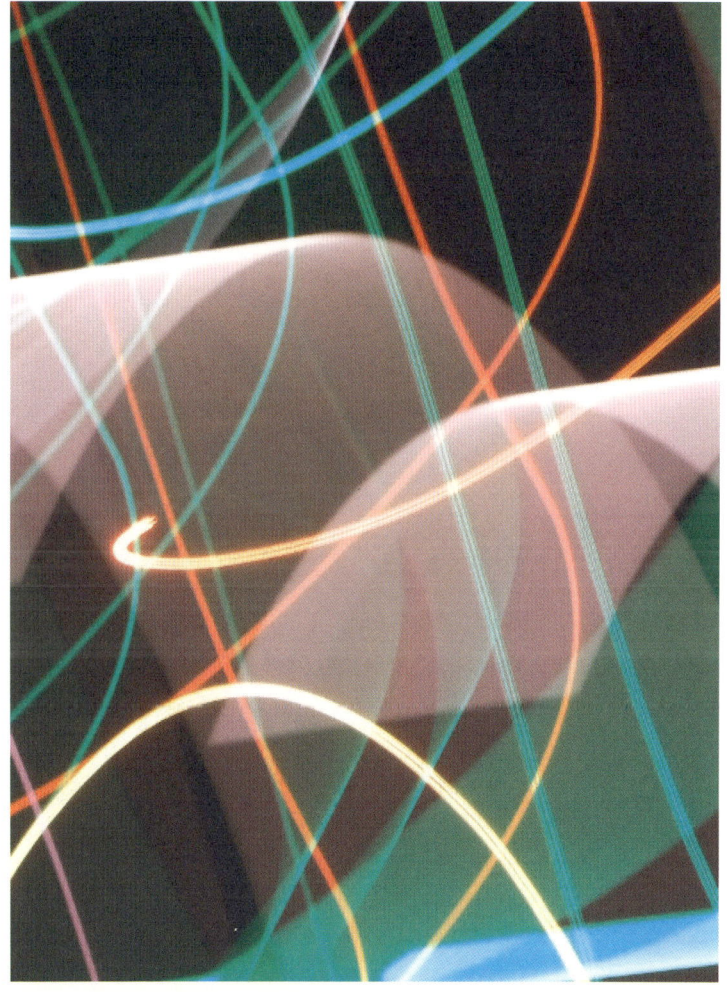

당신 • 47

한숨으로
어둠을 껴입고
잠시 봇물을 터뜨린다
나빠, 당신 나빠
외치면서 목청껏 외치면서

차향으로
느낌을 휘감고
잠시 꿈을 꾼다
좋아, 당신 좋아
외치면서 마음껏 외치면서

바람으로
그리움 보듬고
잠시 깨어난다
보고파, 당신 보고파
외치면서 실컷 외치면서.

당신•48

같은 주파수로
만났어요
우주 안에서
운명처럼
만났어요
무수한 에너지가
쏟아져 내려
빙 둘러 섰네요
저토록 강력한 향기로
서 있을 줄이야
끌어당기고 있어요
저토록 끈끈하게
저토록 끈질기게
날마다 탄력 있게
끌어당기고 있어요
당신에게로
당신에게로
끌어당기고 있어요.

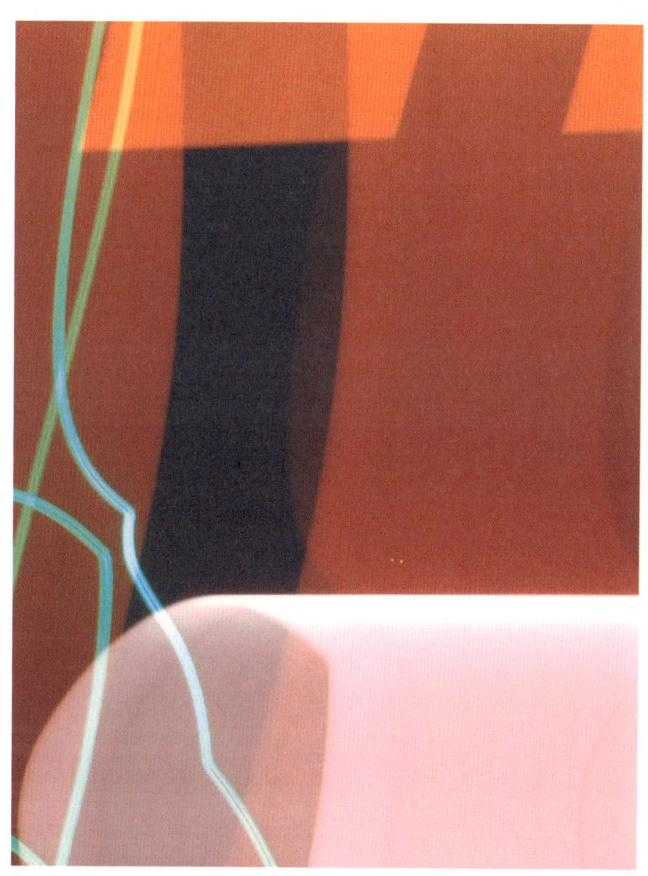

당신•49

수많은 방황길 돌아
끝내는
제자리로 돌아가기

과거를 붙든 채
아무리 불러 봐도
보이지 않은 당신

이제야 버립니다
옛 것도 버리고 갑니다
회상의 골목도 버리고 갑니다
감싸 안고 통곡하던
추억도 버리고 갑니다

사랑과 아름다움이
눈앞에 선율처럼 펼쳐지고 있습니다

덩달아
당신의 온몸에
꿈을 접붙이기 시작했습니다.

당신 • 50

이거니 저거니
헷갈릴 땐
당신의 사랑이
행복의 길로 가도록
애쓰고 있느냐를 따져요

이랬다 저랬다
방황할 땐
당신의 사랑이
지금보다 성숙하도록
도왔느냐를 따져요

왔다리 갔다리
불안할 땐
당신의 사랑이
가능한 한 기쁘도록
발판 놓았으냐를 따져요.

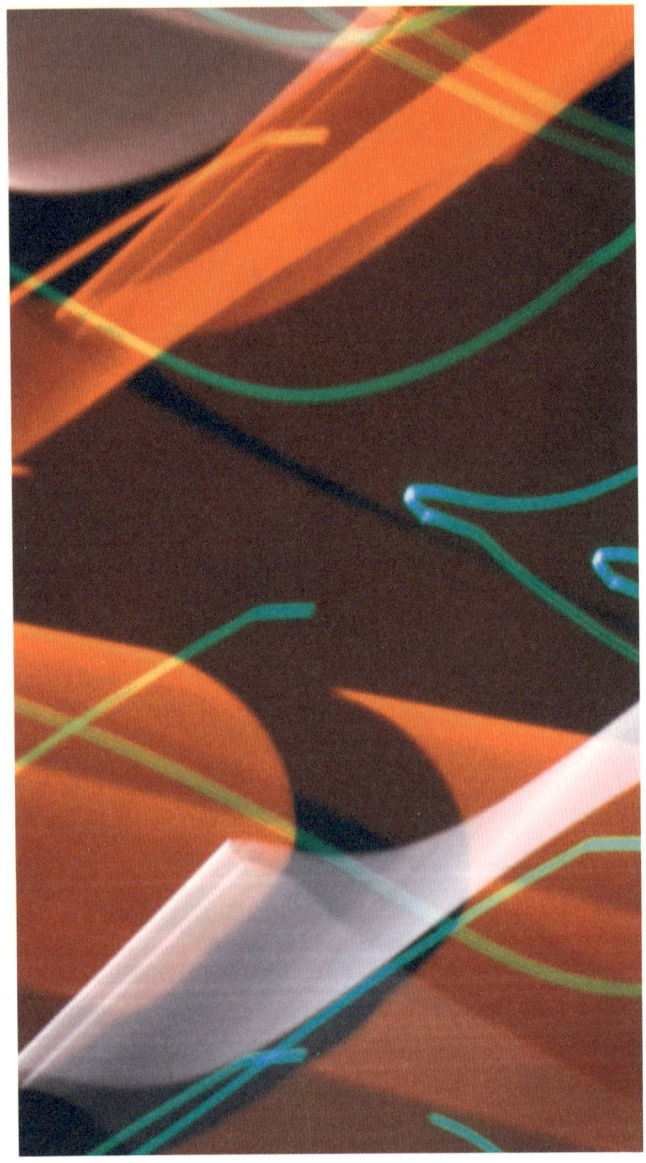

당신•51

먼 훗날
아주 먼 먼 훗날

절벽 위에 초가집 짓고
홀로 살고 있을 때
아주 평온한 얼굴로 찾아주는
사랑, 그게 당신이었으면 좋겠어요

그때는
밀물의 바닷바람
살살 얼굴에 문지르며
보드라운 얘기 나눌 수 있겠죠

전혀 마음의 파동에
휩쓸리지 않고 고요히
지난 그림들을 아름답게
되새길 수 있겠죠

먼 훗날
아주 먼 먼 훗날.

당신 • 52

흔들리지 마세요
어떠한 천둥이 울려도
어떠한 번개가 때려도
흔들리지 마세요

귀담아 듣지 마세요
어떠한 우박소리 들려도
어떠한 비바람이 불어도
귀담아 듣지 마세요

내게는 오로지 당신뿐
내게는 오로지 사랑뿐

그 외 그 무엇도
나를 가질 수 없고
그 외 그 무엇도
내 맘을 앗아갈 수 없어요

내 생명은 곧 당신의 생명
내 운명은 곧 당신의 운명이므로.

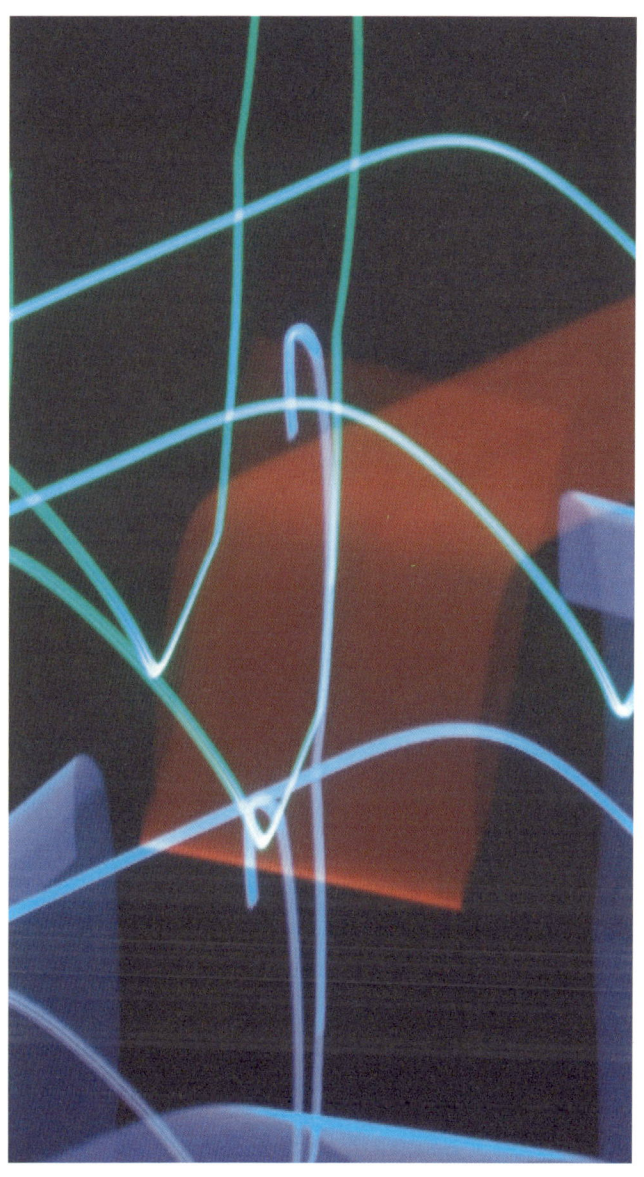

당신 • 53

시원한 수박 맛에
선풍기 바람으로
길을 내요
강바람이 뚫어 놓은 것보다
더 큰 오솔길을 내요

거기로
오세요

이 무더위
골목길 끝 토방에 내려놓고
그냥 홀가분한 기분만
데리고 오세요

속살 한 입 베어 물고
단물을 삼키기 전에
사뿐 사뿐 걸어오세요

갈대숲 바로 위쪽에
이 세상에서 가장 평화롭고
순수한 터가 있어요

그리로 갈 수 있도록
가슴 구석구석
향내 바르고 오세요

다시는 상처 받지 않을,
결코 훼손되지 않을,
영원히 행복할
당신의 터일 테니까.

당신•54

내 생명 다하는 순간까지
내 목숨 끊어지는 그날까지
사랑할게

싱그럽게
꽃방 마련해 두고
지순하게 속살 열게

마냥 좋아할게
마음 가득 향기 머금고
아리땁게 그리워할게

꿈속에서도 벌떡 일어나
맞이할
숨결 같은 내 운명

길 가다가도 휘리릭 몸 돌려
뛰어가 반길
꿈결 같은 내 사랑.

당신•55

사랑이 좋다면서
사랑에 흠집 내는

사랑이 소중하다면서
사랑에 구멍 뚫는

사랑이 가치롭다면서
사랑에 찬물 끼얹는

사랑이 최고라면서
사랑에 몸살 앓는

사랑이 영원하다면서
사랑에 선을 긋는

사랑이 꿈결 같다면서
사랑에 재를 뿌리는

이런 짓을 절대로
당신만은 하지 않기를

여름날 눈보라 속
장독 곁 정한수 앞에서
빌고 빌고 또 빕니다.

당신 • 56

오랜 방황을 끝내고
돌아와 골방에서
얌전히 집필이나 하면서
여생을 마치기 바라는

이웃집 꽃밭에
그 어떤 곁눈질도 하지 말고
오로지 일편단심
한 꽃병만을 섬기기 바라는

더 이상의 꿈꾸기를
단념한 채 초연하게
촛불의 의미를 훑으며
선비처럼 살아주기를 바라는

일평생 작은 텃밭 일구며
그 안에서 온갖 그리움
마음 가득 거두며 아담하게
삶을 마감하기 바라는.

당신 • 57

방금
단물이 줄줄 흐르는
복숭아를 먹었어요
상당히 큰 거였는데
게걸스럽게 먹었어요

먹다가 마지막 한 입
삼키지 못하고
그만 울고 말았네요

당신이 떠나면서
마지막 내게 남긴 말이
떠올라서였어요

참다 참다 힘들면
복숭아를 베어 먹어
행복이 줄줄 흐르는
복숭아를 찾아 먹어

그러면 울지 않을 거야
그러면 기분 좋아질 거야

그 말의 여운이
아직도 혀끝에 얼얼하게
남아 있어서였어요.

당신•58

슬픔 뒤에는
늘 바람이 촐랑대며 따르지요.

바람 뒤에는
흙내음 묻은 허무가 따르고요

허무 뒤에는
바가지 엎어 놓은 듯한 후회가 따르고

후회 뒤에는
등골 휩쓸고 가는 수치심이 따르고

수치심 뒤에는
곤달걀 같은 적막감이 따르고.

적막감 뒤에는
꼬막 맛 같은 눈물이 따르고

눈물 뒤에는
비릿한 그리움이 따르고

그리움 뒤로
어김없이 얼굴 내미는 그대,

그대 뒤에는
쪼그라든 내 꿈과 의미가 따라요.

당신 • 59

산바람 물소리에
추억을 실어 내려 보내요
소중한 휴양지에서 보낸
여름 피서기간 내내
내가 한 일들 중
유일하게 보람 있는 짓은
그것뿐
그 외 아무것도 손댈 수 없었어요

새벽부터 해질녘까지
하염없이 그 짓을 했건만
아직도 흘려보낼 게 많네요
며칠간 이러면서 보내겠지요
일상으로 복귀하기 직전까지
서럽고 시린 동작들을
서럽고 시리게 반복해야겠지요

가슴이 두 쪽으로 열려
붉은 빛이 다 사라질 때까지.

당신 • *60*

아무리 말려도 안 되네요
시를 멈출 수 없어요
벌써 10편을 내리썼는데도
나의 붓은 여전히 휘날리고 있네요

바람 끝을 부여잡고 사정해 봐도
추억 모롱이를 휘어잡고 애원해 봐도
시를 멈출 수 없어요

저녁밥도 먹지 않고 이토록
흐르는 땀도 닦지 않고 이렇게
미친 철새처럼 너울대는
나의 시심을 어쩔 수 없어요

아무리 말려도 진정할 수 없네요
시를 멈출 수 없어요

가슴 파이고 저민 곳들만 골라
콕콕 찍어대며 외줄타기를 하는
나의 연민을 도저히 잠재울 수 없네요

이 밤 지새도록
가련하고도 처량한 눈길로
당신 가슴 벽에 써내려가는
시를 멈출 수 없어요.

당신 4악장

더블샵 : 온음 올림

당신 • 61

이마 맞대고
눈길 섞으며
자기가 쓴 시에 대해
서로 향기롭게
평가해 주는 시간

미소와 꿈과 낭만과
애틋함과 보드라움을
두루 섞어 마시며
차향에 푹 젖는 시간

추억의 날카로운 꼭지는
잘라내어 던져 버리고
감동 깊은 부위만 발라
맛나게 먹어대는 시간

섭섭했던 감정을 삭여
곱게 피워낸 웃음꽃을
하얗게 비운 가슴에
송이 송이 심는 시간

이 시간 속으로
오세요
내 영혼보다 더 소중한
당신이여.

당신 • 62

혼자 도는 선풍기를
강가에 버렸어요
며칠 후 가 봤더니
여전히 돌고 있더군요
전기 코드도 없는데
혼자 돌고 있었어요
자세히 보니
풀꽃들의 은빛 향기,
풀벌레들의 곡예 합창,
강바람의 키 낮은 속삭임,
연인들이 남기고 간
촉촉이 젖은 아쉬움,
온갖 그리움들이
색칠해 놓은 추억의 숨결
이들이 앞다투어
외로운 선풍기를
돌리고 있더군요.

당신 • 63

도대체
당신은 누구요?

위대한 그릇인가요?
아니면, 길거리의 그릇인가요?

사랑 시집
재판은 어떻게 된 건지

왜
기차 타고 떠나는
월요일 고독 여행에 빠지는지

이유도 없이
해명도 없이
그럴 수 있는 건지

그대를
사랑하는 이 마음에
왜 생채기를 내는지

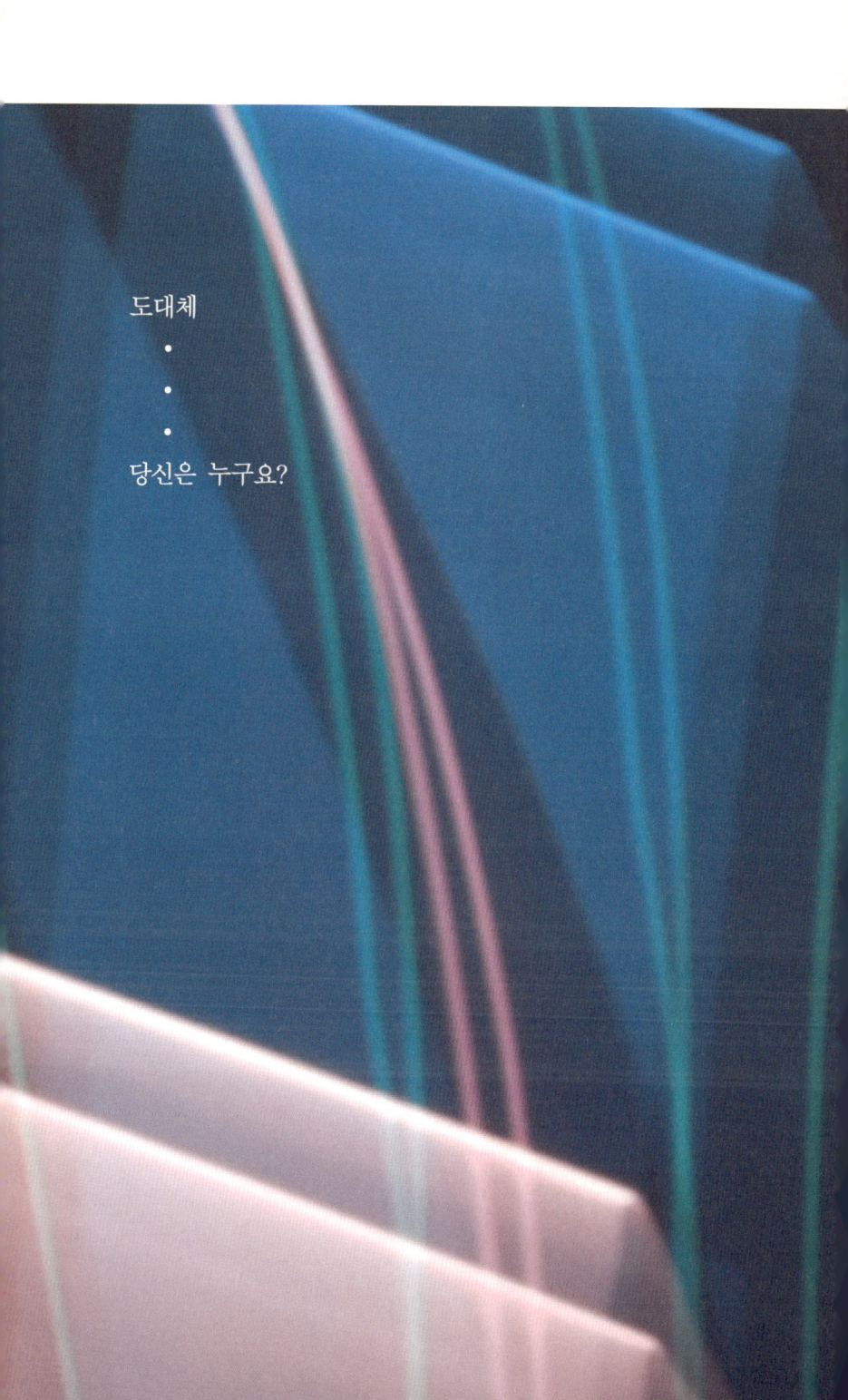

도대체
·
·
·
당신은 누구요?

당신·64

산속 푸른 집에선
연기가 나지 않아요

그리움으로만
밥을 짓고
그리움으로만
국을 끓이기 때문이지요

벌써 아홉 해째
그러고 있어요

그렁그렁 잦아드는
고양이 울음소리뿐
찾아오는 손님도 없어요

소낙비 온 뒤
오늘처럼 곱디고운 날
마침내 연기 한 올
피어오르고 있어요

당신이 온다는 소식
꿈결이나마 살포시
들었기 때문이지요

뼈만 남은 영혼으로
지피는 굴뚝에서
모처럼 솟아오르는
연기, 저 연기를 보세요.

당신•65

연둣빛 레몬향의 뚜껑을
열어젖히자, 순식간에
신비로운 일이 벌어졌어요

여태 한 번도 보지 못한
고백들이 춤을 췄어요
빙글빙글 돌면서 현란한 춤을 췄어요

사랑이란 벽이 없어
사랑이란 갇히지 않아
사랑이란 꿈틀거림이야
사랑이란 열정적 리듬이야
사랑이란 환상적 느낌이야

조화로운 선율 따라
번쩍거리는 춤을 췄어요

자정 무렵 다시 뚜껑을 닫는 순간
당신이 빚어놓은
우주의 빛도 동시에 꺼져 버렸어요.

당신 • 66

내 그리움 서랍 안에는
노트 한 권, 시집 한 권,
안경 하나, 사진 한 장
정갈히 놓여 있습니다

아무도 손대지 않아
아직까지 순결한 설렘이
잘 보존되고 있습니다

한 가지 이해할 수 없는 건
지난밤 꿈속에서
당신을 만나 말다툼을 한 뒤
그것들의 놓인 위치가
달라졌다는 점입니다

시집 위에는 사진이
노트 위에는 안경이
내 가슴 위에는 절망이
각각 희멀겋게 놓여 있더군요.

당신 • 67

드라마 속에도
당신이 있네요
죽는 날까지
사랑을 지키다가
죽은 후에도
혼백으로나마
사랑을 지키겠다는
당신
어이 몰라보겠어요
바람 끝을 보면서도
계절 끝을 만지면서도
하늘 끝을 맛보면서도
하염없이 만나요
그리고
하염없이 느껴요
이 세상 어디나
이 현실 어디나
당신과 함께 하고 있다는 걸
매 순간 매 시각
당신과 함께 호흡하고 있다는 걸.

당신 • *68*

솔직히
당신 미워요
뺨이라도 한 대
갈기고 싶어요

하지만
참고 참을래요
그 뺨까지도
사랑하니까요

당신의 몸 어느 구석도
당신의 맘 어떤 구석도
다 사랑하니까요

오늘만은
당신의 몸 한 구석에서
지금 당장
당신의 맘 한 구석에서
잠들고 싶어요
허락해 줘요.

당신 • 69

모처럼 더위 피해
시냇물에 발 담그고
사색에 잠겼다가
푸르른 노래 불러요
그런데도 자꾸
눈물이 나와요
아까부터 내 안에
찬 물결 치고
찬바람 때려요

새소리 다가와
숨결에 부비고
풀꽃향 밀려와
추억을 감싸요
그런데도 한사코
눈물이 흘러요
아까부터 당신 안에
물보라 남실거리고
눈보라 휘날려요.

당신 • 70

죽으면서
당당히 외칠 수만 있다면
원이 없겠어요

사랑했고
사랑하고
사랑하리

날마다
해처럼 뜨겁게
밤마다
달처럼 순결히

사랑했고
사랑하고
사랑하리

죽으면서
이렇게 외칠 수만 있다면
원이 없겠어요.

당신·71

밤 깊어
이제 그만 잘래요
꿈속에서
시를 완성하자마자
접때 다녀온 폭포수에
담가 놓을 겁니다
부르트고 찢겨져
흐물흐물 흩어진다 해도
상관하지 않을 겁니다
당신 없는 세상은
어차피 마찬가지일 테니까요
당신 없이는
아무 가치를 못 느껴요
당신 없이는
그 어떤 일도 흥미 없어요
당신 없이는
심지어 미래까지도 관심 없어요
당신 없는 세상에서
도대체 무얼 바라고
도대체 무슨 재미로
살겠어요.

당신 • 72

슬프지 말자고 해도,
웅크리지 말자고 해도,
자꾸 손 내밀지 말자고 해도,
다시는 뒤돌아보지 말자고 해도,
꿈결에 애절함 포개지 말자고 해도,
보고픔을 장작 패듯 빠개지 말자고 해도,
무리하게 그리움 잡아당겨 찢지 말자고 해도,
꺼억꺽 소리 내어 애틋함 토해내지 말자고 해도,
이토록 처절히 멱살을 잡고 늘어지는,
이토록 강렬하게 분출을 돕는
어릿광대는
누구?

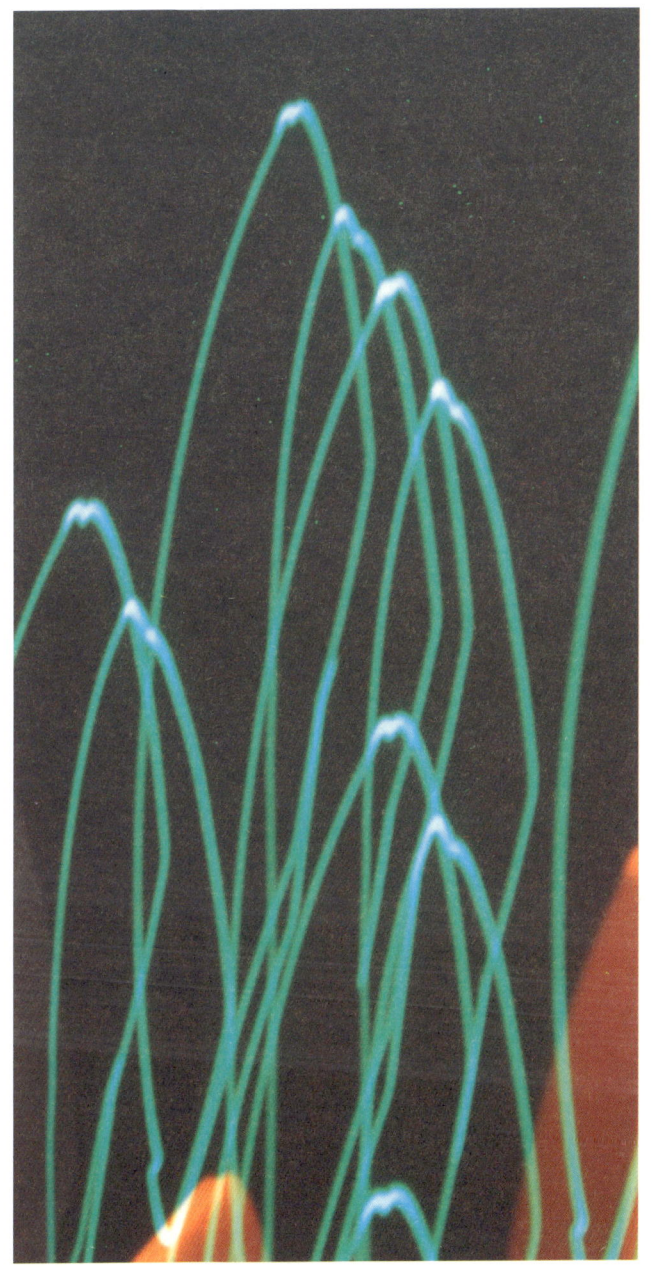

당신 • 73

평소 부족한 부분을
채우려고 하는 게
사랑임을
어찌 모르겠어요

이토록 칭얼대는 하루
이해해 주세요
휴가가 시작되었지만
방안에만 처박혀 있는
신세
저 하늘 나는 백조는 알까요

오늘은 떠나볼까 해요
내 안의 덜 채워진 부분을
달래주기 위해
멀리 여행을 갈까 해요

혹시 같이 갈 생각 없나요
당신이라면
혹시.

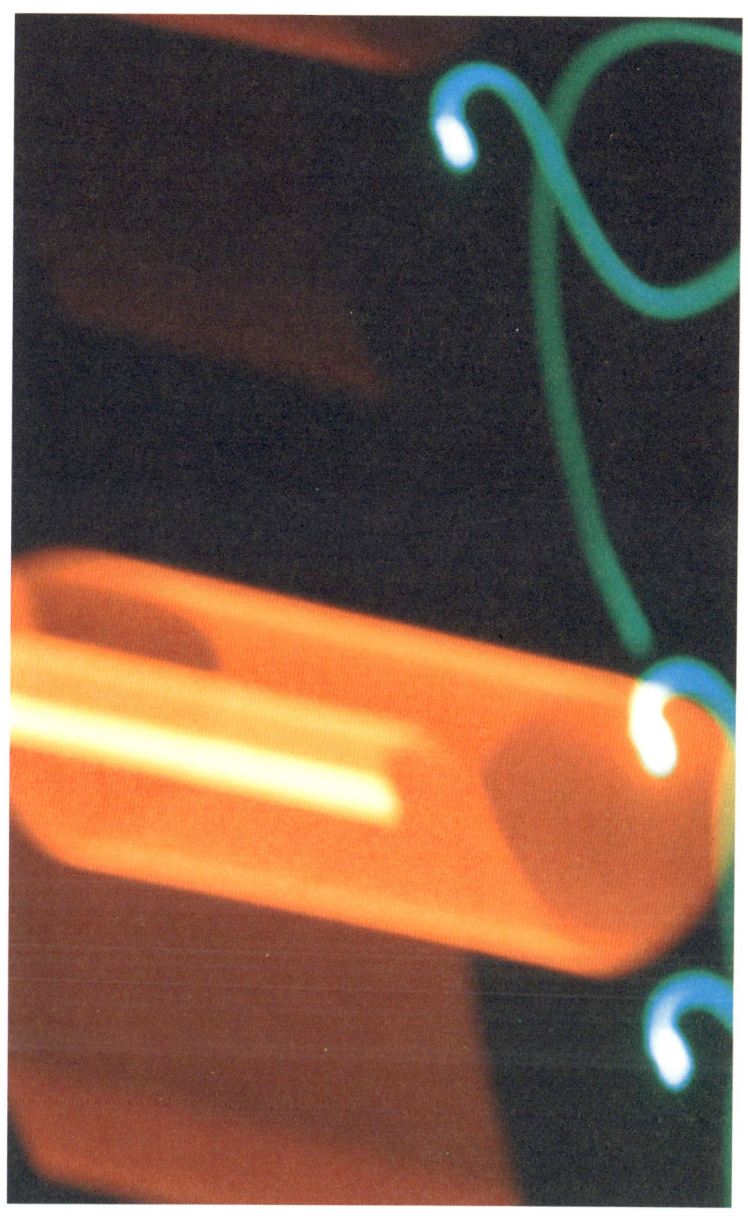

당신 • 74

엉뚱한 짓을 해서라도
다가가고 싶은
심정
당신은 아시나요

꿈을 꿀 때도
발칙한 상상을 해서
한 발짝이라도 더 가까이
다가가고 싶은
심정
당신은 아시나요

세상의 모든 가지
다 잘라 버리고서라도
홀가분히 맨 몸으로라도
다가가고 싶은
심정
당신은 아시나요

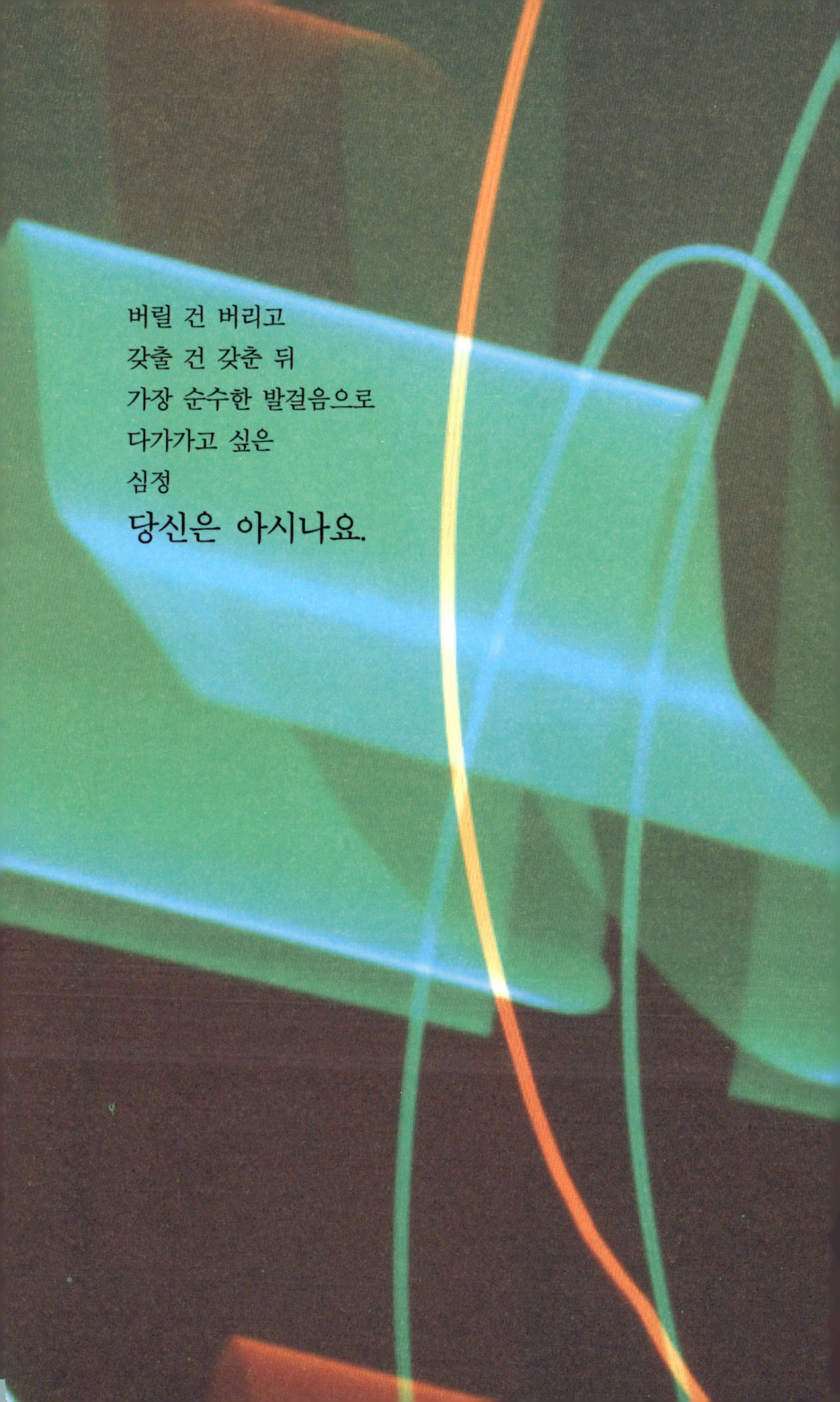

버릴 건 버리고
갖출 건 갖춘 뒤
가장 순수한 발걸음으로
다가가고 싶은
심정
당신은 아시나요.

당신•75

밤술 한 잔 하고서
노트를 폈어요

상큼하고 뜨거운 맛이
혀에 얼얼
가슴에 활활
마음에 훨훨
너울거리고 있어요

어디로 향할지조차
결정하지 못한 채
엉거주춤 앉아 있어요

분명
길은 하나인데
어디로 가야 할지
모르겠어요

다시 밤술 한 잔
들이켜 보네요

이번에는 도무지
가늠할 수 없는 고통이
허리등뼈 허벅지까지
짓누르고 있군요

모처럼 당신에게로
가려고 하면
꼭 이렇게
밤술이 훼방을 놓네요.

당신•76

넥타이 11개가
벽에 붙어 서서
나를 노려보고 있어요

당신이 향기 묻혀
보고픔 곱게 누벼
보내준 것들이에요

처음에는 시집 속으로도
놀러와 까불까불대며
살가운 얘기를 나누고 그랬지요

점차 풀꽃향에 젖어들더니
지난봄부터 지금까지
시든 눈빛 내리깔고 있어요
몇 번이나 부추겨 줬지만
아무 소용이 없더군요

오늘 아침
과거와 그리움과 추억과
전혀 상관없이

무작정 먼 여행을 떠나려는데
넥타이들이 일제히 소리치네요

눈알을 부라리며
버림받기 싫다며
같이 데려가 달라며
소리 소리 소리치네요.

당신 • 77

방금 왔다 갔다는
말 듣고 곧장 달려왔어요
당신은 왜
내가 외출했을 때만 골라
이곳에 왔다 가는 거죠

당산나무도 세 그루나
저렇게 의젓하게 서 있는데
당신은 왜
동네 맨 가의 당산나무 아래서만
잠시 머물렀다 가는 거죠

그처럼 오래도록 망설이다
막상 이곳까지 왔으면
나를 직접 만나고 가야지
당신은 왜
왔다 갔다는 흔적만 남기고
산바람처럼 사라져 버리는 거죠

당신 못지않게 나도 힘들어요
평생 시골구석에 처박혀

시 나부랭이나 쓰며 사는 날
당신은 왜
아직도 이해하지 못하고
여태 미련을 떨쳐 버리지 못하는 거죠.

당신 • 78

손끝에서
찌리릭 발견한 사실 하나
사랑의 손가락은
그리움이고
거기에 손톱이 달려 있다는 거
평소에는 우아함을 그대로
보존하고 있지만,
배신감에 휩싸일 땐
그리움의 손톱은
야수가 된다는 거
그래서 여기 저기
할퀴고 다닌다는 거
사랑의 단물을 주지 않고
오래도록 방치해 두게 되면
그리움의 손톱은
윤기를 잃고 약해져
웅크린 채 우울해 한다는 거
왜 이제서야 알았을까.

당신 • 79

솔직히 난 당신 손만 잡고 있어도
말 한마디 없이 앉아 있어도
행복해요
아무 부러울 게 없어요
더 이상 바라는 것도 없어요
그저 이렇게 있고 싶어요

솔직히 난 당신 곁에 있고 싶어요
먹고 사는 게 조촐하다 해도
만족해요
어디든 졸졸 따라다니며
충직한 비서 노릇 하며
다소곳이 살고 싶어요

솔직히 난 당신과 함께 살고 싶어요
결혼이나 동거는 아니라 해도
괜찮아요
당신이 부르면 언제든 달려가
위로가 되어 주고 말동무 되어
그렇게 사근사근 지내고 싶어요.

당신 • *80*

그러므로,
그러므로
님이여, 잘 가요 멀리 가요
다시는 나를 돌아보지 말아요
내 가슴은 그다지 넓지도 고요하지도 않아요
외로워 자주 울기도 하고,
비바람에 자꾸 출렁이기도 해요
그러니, 파문을 던지지 말아요
가려거든, 그냥 가요 멀리 가요
더 이상 날 건드리지 말고 조용히 가요
그리고 다시는 희망을 주지 말아요
갔다가 멀리 갔다가 슬그머니 돌아와
나의 창문을 두드리지 말아요
얌전히 보내드릴 때 가요
그냥 가요 멀리 가요
나의 마지막 인내가 폭발하지 않도록 가만히 가요,
제발,
님이여, 사랑이여,
그냥 가요,
멀리 가요,
부디.

당신 5악장

네츄럴 : 제자리

당신 • 81

도랑을 건너다가 정강이를 다쳤어요
쑥쑥 아려 와서 숨을 쉴 수조차 없네요
왜 하필 이럴 때
당신이 떠오를까요

도랑의 메뚜기도 쳐다보고 가고
개구리도 팔짝팔짝 뛰어가는데
왜 하필 이럴 때
당신의 미소가 떠오를까요

어느덧 내 모든 의식 속에는
땡글땡글
당신이 새겨져 있나 봐요

아무리 애써도 안 되는
아무리 몸부림쳐도 안 되는
당신을 향한 줄달음질
그 뒤로
쓸쓸히 깔리는 어스름
왜 하필 이럴 때
당신의 품이 떠오를까요.

당신 • 82

입을 볼 때마다 걱정이야
키스는 어떻게 할까
밥은 제대로 먹을까
볼 때마다 걱정이야
그러면서도 안심이야

그 눈망울 통해
우주를 삼켜
소화해 내고 있으니
경이로운 일

나오는 글마다
쏟아내는 호흡마다
진리 묻은 향기를
토해내고 있으니
신비로운 일

마음결 모아
하나 되고픈
님아.

당신·83

손수건 선물은 이별을 의미한다 했더니
당신은 부인했죠
사랑을 준비하는 거라면서

손수건 색깔이 예뻐요,
마치 들녘의
오랜 세월 색칠한 수채화 같아요
오랜 세월 채색한 그리움 같아요

헤어져 돌아오면서 몇 번이나
손수건 냄새를 맡아 보았어요
깊숙이 스미는 태곳적 바람 냄새
정신을 혼미케 했어요

이제 겨우 만난 거겠죠
시작이 두렵다면서
수많은 인연을 돌고 돌아
쩌릿쩌릿 감전 되듯
우리는 드디어
운명으로 만난 거겠죠.

당신 • 84

매 끼
밥맛이 없어요
마치 꺼끌꺼끌한
나무껍질처럼
밥맛이 없어요

그런데 이상하죠
당신이 오신다는
소식만 접하면
입맛이 돌아요

상큼한 당신과
마주 앉아 있으면
쩝쩝 끌어당기듯
입맛이 솟구쳐요

참 이상도 하죠
한두 번도 아니고
매번 이런 경험
이해할 수 없어요.

당신•85

풀숲 거닐다가 다친 자리
호호 불며 약 발라
붕대로 동여매 준
당신

그래도 고맙지 않아요
그 정성 달갑지 않아요

내가 바라는 건
그게 아네요
피부의 상처가 아니라
마음의 상흔에
호호 불며 약 발라
붕대로 동여매 주세요

숭숭 구멍 뚫린 보고픔에도
철철 피가 나는 그리움에도
호호 불며 사랑 발라
운명으로 동여매 주세요.

당신 • 86

참외 먹고 싶다고 하자마자
번개처럼 밖으로 달려간
당신

이제나 오나 저제나 오나
달밤에 고샅길까지 나가
기다려 봅니다

도대체 어디까지 간 걸까
동네 어귀를 지나
읍내까지 나간 걸까

허구한 날
나를 위해 나만을 위해
눈물겹게 헌신해 온 당신

무슨 말을 해도
말없이 허공에
침묵만 두둥실 내뿜는
당신

이제 그만
사랑을 내려놓고
떠나가세요

아무것도
보답해 줄 거 없는
이 빈 손이
더 이상 부끄럽지 않도록
이 빈 가슴이
더 이상 초라하지 않도록.

당신•87

당신이 그린
그림 속으로
잠시 들어가 봅니다
난생 처음
이런 모험을 하게 되어
쑥스럽지만,
걷는 발걸음 멈추지 않아요

어느 만큼 걷자
당신의 향기가 느껴져요
땀에 절었지만
들꽃 향기보다도
고급 향수보다도
더 좋아요

좀 더 안으로 들어가자
이번에는
수많은 깃발들이 펄럭여요
놀라는 눈길마다
그 안으로
색깔들이 눈부시게 펄럭여요

매 년 매 달 매 일
그리움마다 일일이
색칠해 놓았군요
줄지어 서 있는
그 많은 눈길마다
각기 다른 색깔로
찬란하게 물들여 놓았군요.

당신•88

장독 바닥에 깔린
돌 사이 사이엔
채송화가 소복소복
피어 있어요

흙담 바로 앞에는
키 큰 해바라기
그 앞에는 칸나
중간에는 도라지꽃
맨 앞에는
다시 채송화

가도 가도
끝이 보이지 않는
그리움 길
그 바닥에도
채송화가 피어 있을까요

운명이
시시때때로 흘린
당신의 눈물방울처럼.

당신 • 89

포도 먹다가 복숭아 먹다가
맨 나중에는 사과를 먹어요

다른 지역으로 이사를 간 뒤에도
변함없이 그렇게 과일을 먹어요

식구들이 물어도
이웃들이 물어도
친구들이 물어도
그냥 씨익 웃고 말지요

예전에 우리 미치도록
사랑하고 사랑하며 지낼 때
당신이 매번 그랬었다고
선뜻 말할 수 없잖아요

추억이 저리도
아름답게 반짝이고 있는 한
결코 말할 수 없어요.

당신 • 90

칸은 둘인데
컵이 붙어 있어요
마실 때는
얼굴 맞댄 채
함께 잔을 기울여야 해요
다소 불편하지만
둘은 개의치 않아요
매일 함께 일어나
차 한 잔 타 마실 때도
함께 해야 해요
여행을 떠날 때도
컵은 따라가요
어디든 언제건
마음 맞댄 채
영혼 손잡고서
컵 속의 미래까지
함께 마셔요
짓궂은 날씨 속에서도
운명처럼
늘 함께 해요.

당신•91

철새까지 다 떠난 강가에서
시를 씁니다

밭고랑처럼 한없이
뻗어나간 물길이
오늘따라 외로워 보입니다

저 멀리 올라오는
연기 한 올
누가 논두렁을 태우나 봅니다

시는 첫 줄에서 멈춰 있고
손끝에는 시린 바람만 맴돌고
마음은 점점 더 무겁게
가라앉고 있습니다

시를 완성할 생각은
처음부터 없었습니다
다만 살아 있다는 감각을
되찾고 싶었을 뿐
더 이상의 욕심 없습니다

한 가지 바라는 게 있다면
그거
퇴색해 가는 당신의 정경을
시 속에서 신비롭게
되살려 보고 싶다는 거
그것뿐

갑자기 잠이 쏟아집니다
마지막으로 강가에서
한숨 자고 가려 합니다.

당신•92

아름답게 추억해요.
님이 가신 뒤로
어느덧 생겨 버린 버릇이죠,
아마도 님은 이어도를 찾아 갔겠지요.
물론 실망만 하고 돌아오겠지만.
그 모습이 안쓰러워요

님이여,
사랑은 이상향에서 찾는 게 아니에요
현실에서 찾아야지요.
지금 우리에게 주어진 현실 중
가장 운명적인 사랑을
찾아 챙겨 가꾸고 꽃피워 나가는 게
가장 아름답고 지혜로운 길이랍니다.
그걸 몰랐어요, 아직까지?

답답한 님이여!
내 생명을 다 주고도 아깝지 않을 님이여,
여태
미치도록 진한 내 사랑의 향기를
맡지 못했나요?

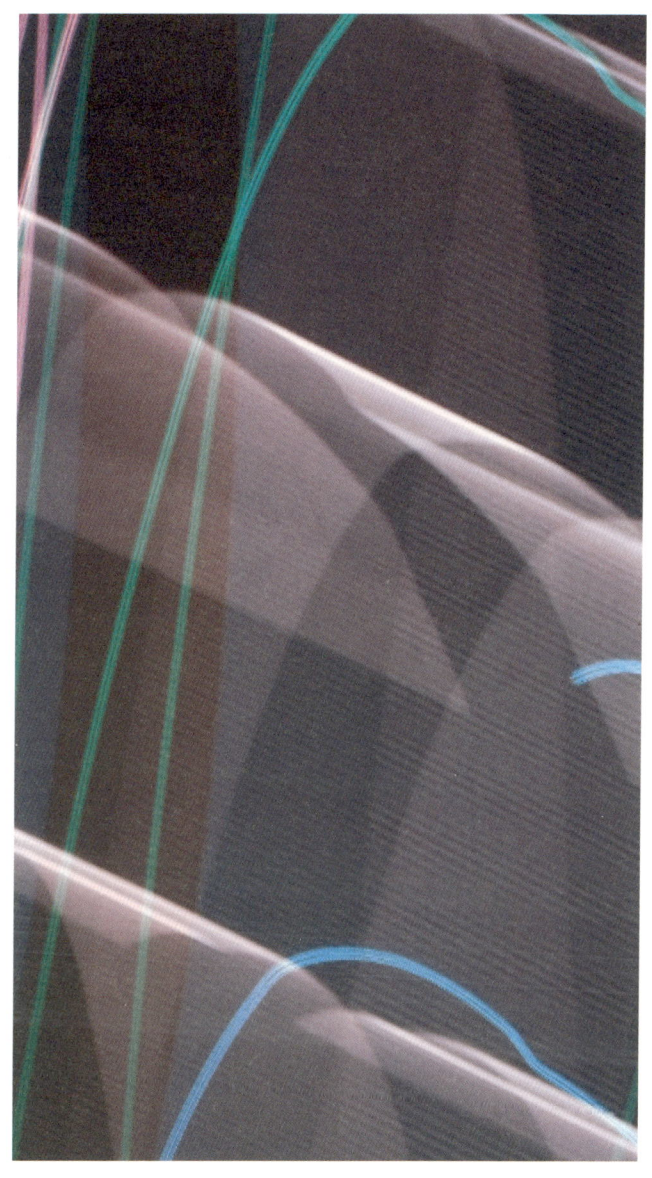

당신•93

수박씨가 접시를 넘다가
포도에게 들켰습니다
어딜 감히?
포도가 눈을 부라리자
수박씨가 한소리 했습니다

덩치는 비록 작지만
어디서 왔느냐가 더 중요해
난 태양 같은 집에서
아니 대양 같은 집에서
살다가 왔어

달디단 속살을 내어주며
그 대가로 세상에 나왔고
그 대가로 나아갈 길을
개척할 수 있었지

사랑도 마찬가지야
덩치가 중요하지 않아
그 사랑이 어디서 자랐으며
어떤 목적으로 어디로

어떻게 가느냐가
더 중요한 거지

그러니,
내 갈 길을 막지 마
알겠니?

당신 • 94

지난밤 잠꼬대를
심하게 했나 봐요
종아리도 아프고
팔도 아프고
머리도 아파요
평소에는 아무렇지 않은데
당신 소식이 전해지면
그때부터 증상이 시작돼요
심하게 잠꼬대를 한다든가
가위눌린 듯 비명을 지른다든가
마라톤을 마친 선수처럼
온몸이 마구 쑤신다든가
그래요
하루라도 맘 편히 쉴 곳을 찾는
당신,
여러 모로 내 가슴은
비좁고 허약하고 초라해서
도저히
당신을 모실 수가 없어요
이런 내 맘 오죽이나 하겠어요.

당신•95

느닷없이 전화를 걸어
눈부시게 파도치는 해안으로
1박 2일쯤 여행을 떠나자는
당신

장점도 좋지만
내 단점까지도 다
사랑스럽게 보인다는
당신

먹기 좋게 멜론을 잘라
예쁜 접시에 알뜰히
담아 내오는
당신

만날 때마다
아주 작은 선물이라도
꼭 하나씩 준비해서
수줍게 건네주는
당신

마지막 숨을 거두는
그날까지 한눈팔지 않고
오로지 나만을 사랑하겠다며
와락 껴안아 주는
당신

그런 당신이기를
오늘도 두 손 모아
빌고 또 빕니다,
여기 한 송이 낭만 앞에서.

당신·96

내 마음은 벌써부터
커피잔 속으로 들어가
앙탈을 부리고 있어요

눈물로 간을 맞추기 싫다며
눈을 흘기며
며칠째 등 돌리고 있어요

물론 그리움이 휘젓는 걸
거부하고 있는 건 아니죠
다만, 질투심을 경계할 뿐

내 마음은 벌써부터
떠날 채비를 하고 있어요
커피향이 넘쳐흐르기 전에

속마음 고백하고 싶어도
참고 참고 참으며 가요
차마 사랑까지 꺾을 수 없어서.

당신•97

두 손 뻗어도 닿지 않은 곳
그곳에 당신이 있어요

지금까지
갖가지 봉투를 만들어
편지를 보냈죠

멜보다 편지를 고집하는
내가 싫었나요, 정말 그랬나요

여태 답신이 없는 당신
바쁜 줄 알지만 그래도
너무 지나치지 않나요

고뇌도 숨구멍을 터 줘야
살아갈 수 있겠죠, 하물며
살아 꿈틀대는 이 사랑이야

지금 더 이상 말해 봐야
무슨 소용이 있겠어요
고이 보내면 되는 것을.

당신•98

보리밥에 찬물 말아
쌈장에 고추 찍어 먹는
맛
바로 그 맛이
당신이에요

한밤중 무더울 때
시원한 수박 한 통
따서 먹는
맛
바로 그 맛이
당신이에요

오랜만에 여행 떠나
바닷가에 이르렀을 때
얏호 하며 파도 속으로
뛰어드는
맛
바로 그 맛이
당신이에요

레스토랑에 들어갈 때
따스한 눈길로 문 열어주고
우아하게 의자 내어주는
맛
바로 그 맛이
당신이에요.

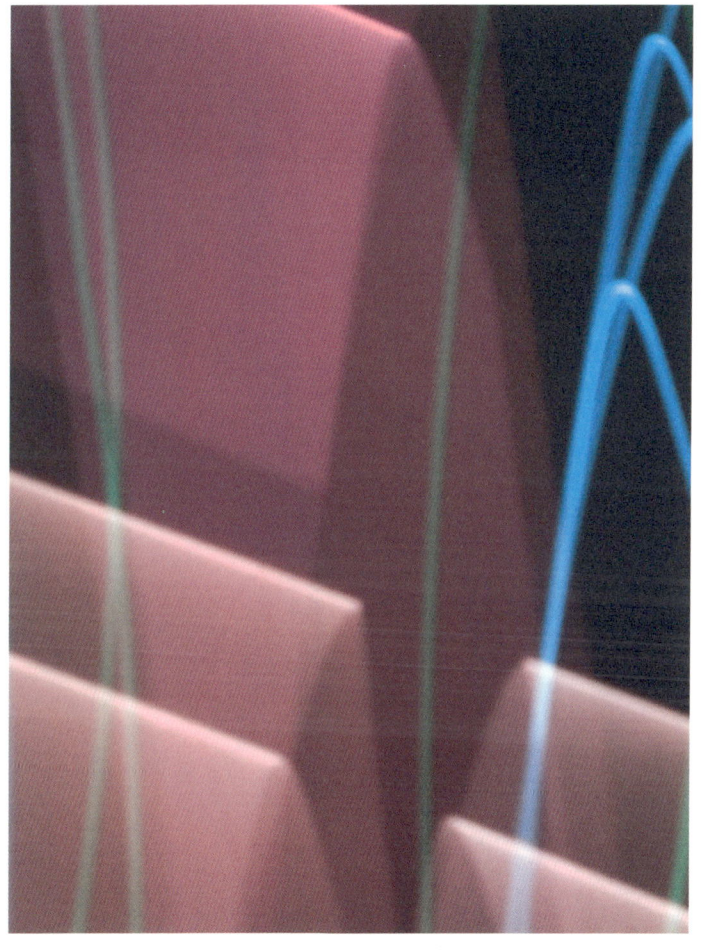

당신 • 99

먼저 선택을 하라
그 나머지를 선택하겠다는
당신

먼저 길을 가라
그 뒤를 따라가겠다는
당신

먼저 마음 닫아라
그 다음에 마음 닫겠다는
당신

먼저 떠나라
그 후에 떠나겠다는
당신

그 당신을
사랑합니다
열렬히.

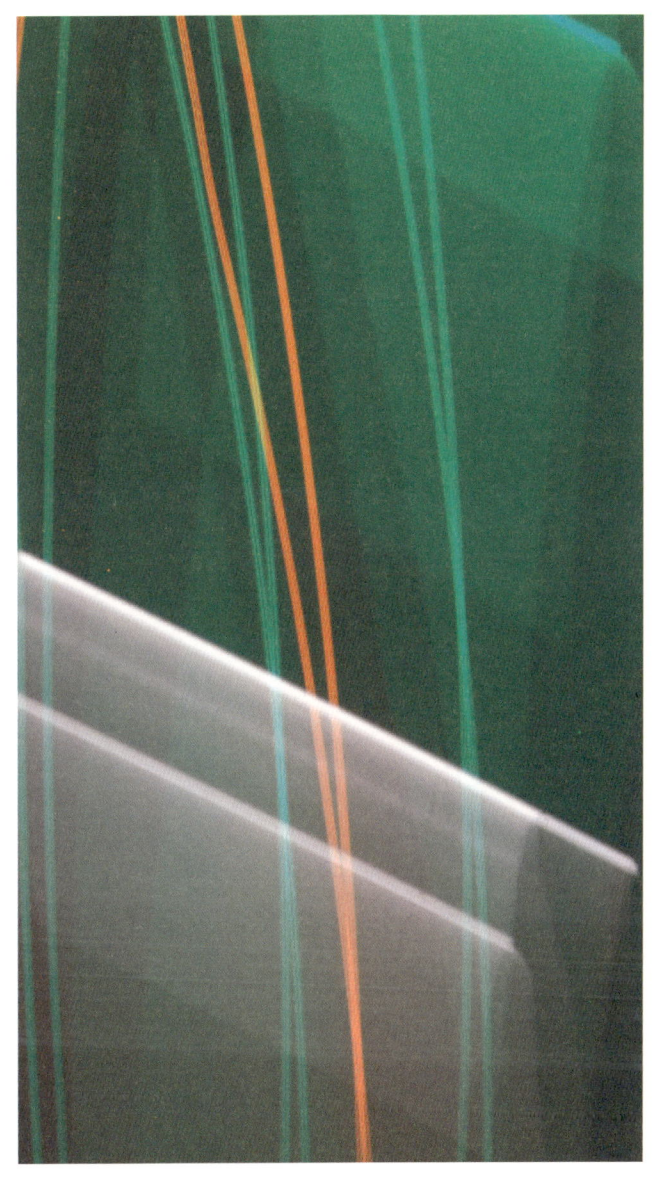

당신 • 100

바라는 바
하나

내가 직접 쓴
사랑 시집
한 권

당신에게
바치는 거

진정
바라는 바
하나

내가 직접 가꾼
꽃정원
한 채

당신에게
드리는 거

애타게
바라는 바
하나

내가 원하는
당신의 사랑
한 아름

당신에게서
얻는 거.

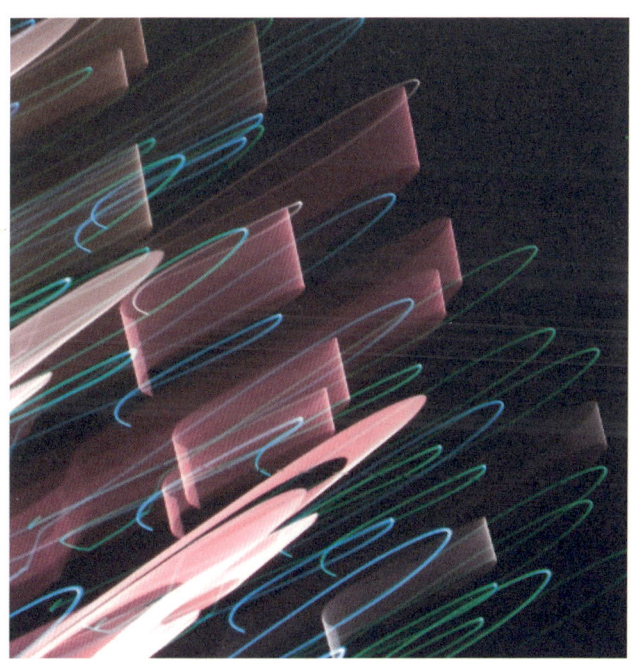

저자 소개
박덕은(朴德垠 예명: 박한실 닉네임:지리산 풀꽃 헤르소)
문학박사 / 시인 / 소설가 / 문학 평론가 / 동화작가 / 사진작가

전 · 현직 경력
전남대학교 문학석사 / 전북대학교 문학박사
前 전남대학교 교수 / 前 전남대학교 국어국문학과장
논술구술연구소 소장 / 문예창작연구소 소장
한국시연구회 이사 / 한국아동문학 동화분과위원장

한실 문예창작 지도 교수   바로 문학회 지도 교수
향그런 문학회 지도 교수   부드런 문학회 지도 교수
둥그런 문학회 지도 교수   싱그런 문학회 지도 교수
포시런 문학회 지도 교수   멋스런 문학회 지도 교수

문학상 당선 및 수상 경력
[중앙일보] 신춘문예 문학평론 당선
[광주일보](전남일보) 신춘문예 동화 당선
[시문학] 시 추천 완료   [문학공간] 소설 추천신인상
[문학세계] 희곡 신인문학상   [아동문예] 소년소설 신인문학상
[문예사조] 수필 신인문학상   [시와 시인] 시조 청학신인상
[아동문학평론] 동시 신인문학상 [아동문학] 동시 신인문학상
[문학공간] 본상(장편소설) 수상 [계몽사] 아동문학상 수상(11회)
한국 아동 문화상 수상   한국 아동 문예상 수상
아동문예 작가상 수상(10회)   광주문학상 수상(제1회)
전라남도 문화상 수상(35회)

저서 발간 현황

<문학 이론서 전16권>

제1권 <현대시창작법>
제2권 <현대 소설의 이론>
제3권 <문학연구방법론>
제4권 <소설의 이론>
제5권 <현대문학비평의 이론과 응용>
제6권 <문체론>
제7권 <문체의 이론과 한국현대소설>
제8권 <한국현대소설의 이론과 적용>
제9권 <시의 이론과 창작>
제10권 <해금작가작품론>
제11권 <디코럼 언어영역>
제12권 <논술 고사 정복>
제13권 <심층면접 구술 고사 정복>
제14권 <둥글과 언어영역>
제15권 <논술교실>
제16권 <꿈샘 논술>

<교양서 전50권>

제1권 <해학의 강>
제2권 <바보 성자>
제3권 <미네르바의 부엉이는 황혼녘에 날은다>
제4권 <멋진 여자, 멋진 남자>
제5권 <우화 천국>
제6권 <나만 불행한 게 아니로군요>
제7권 <나만 행복한 게 아니로군요>
제8권 <나만 어리석은 게 아니로군요>
제9권 <행복한 바보 성자>
제10권 <느낌이 있는 꽃>
제11권 <흔들림이 있는 나무>
제12권 <사랑하는 사람 가슴에 심어주고픈 말>
제13권 <철학의 향기>
제14권 <철학가의 터진 옷소매>
제15권 <창녀에서 수녀까지, 건달에서 황제까지>
제16권 <무희에서 스타까지, 게이에서 성자까지>
제17권 <사랑의 향기>
제18권 <황제 방중술>
제19권 <우리 역사의 난>
제20권 <명작 속 명작>
제21권 <쉽고 재미있는 철학 이야기>(1)
제22권 <쉽고 재미있는 철학 이야기>(2)
제23권 <쉽고 재미있는 철학 이야기>(3)
제24권 <역사 속 역사>
제25권 <세계 반란사>
제26권 <한국 반란사>
제27권 <행복을 위한 작은 책>
제28권 <세계 명사들의 러브 스토리>
제29권 <나의 가장 소중한 사람에게>
제30권 <세계를 빛낸 과학자>
제31권 <세계를 빛낸 정치가>
제32권 <세계를 빛낸 명장>
제33권 <세계를 빛낸 탐험가>
제34권 <세계를 빛낸 미술가>
제35권 <세계를 빛낸 음악가>
제36권 <세계를 빛낸 문학가>
제37권 <세계를 빛낸 철학가>
제38권 <세계를 빛낸 사상가>
제39권 <세계를 빛낸 공연가>
제40권 <해외 신화>
제41권 <읽으면 행복한 책>
제42권 <세기의 로맨스.1>
제43권 <세기의 로맨스.2>
제44권 <세기의 로맨스.3>
제45권 <세기의 로맨스.4>
제46권 <우리 명작 50선>
제47권 <세계 명작 50선>
제48권 <이솝 우화>(공저)
제49권 <위트>
제50권 <비타민과 미네랄>

<소설집 전7권>
제1권 <죽음의 키스>   제2권 <양귀비의 고백>(풍류여인열전.1)
제3권 <황진이의 고독>(풍류여인열전.2)   제4권 <일타홍의 계절>(풍류여인열전.3)
제5권 <이매창의 사랑일기>(풍류여인열전.4) 제6권 <서울아라비아나이트>
제7권 <금지된 선택>

<시집 전22권>
제1권 <바람은 시간을 털어낸다>   제2권 <거시기>
제3권 <무지개 학교>   제4권 <케노시스>
제5권 <길트기>   제6권 <갇힘의 비밀>
제7권 <소낙비 오는 정오에>   제8권 <자유人 사랑人>
제9권 <나찾기>   제10권 <지푸라기>
제11권 <동심이 흐르는 강>   제12권 <자그만 숲의 사랑 이야기>
제13권 <사랑한다는 것은>   제14권 <느낌표가 머무는 공간>
제15권 <그대에게 소중한 사랑이 되어.1> 제16권 <그대에게 소중한 사랑이 되어.2>
제17권 <둥지 높은 그리움>   제18권 <곶감 말리기>
제19권 <사랑의 블랙홀>   제20권 <나는 그대에게 늘 설레임이고 싶다>
제21권 <내 가슴이 사고 쳤나 봐>   제22권 <당신>

<아동문학서 전10권>
제1권 <살아있는 그림>   제2권 <3001년>
제3권 <무지개학교>   제4권 <동심이 흐르는 강>
제5권 <곶감 말리기>   제6권 <서울 걸리버 여행기>
제7권 <돼지의 일기>   제8권 <해외 신화>
제9권 <마녀 헤르소의 모험>(1권)   제10권 <마녀 헤르소의 모험>(2권)

<번역서 전6권>
제1권 <소설의 이론>   제2권 <철학의 향기>
제3권 <사랑하는 사람 가슴에 싶어주고픈 말> 제4권 <철학자의 터진 옷소매>
제5권 <세계 반란사>   제6권 <한국 반란사>

                                   * 이상 저서 총 111권 발간